上／昭和49年8月
下／昭和46年8月
いずれも富士の武田山荘にて
(撮影　武田 花)

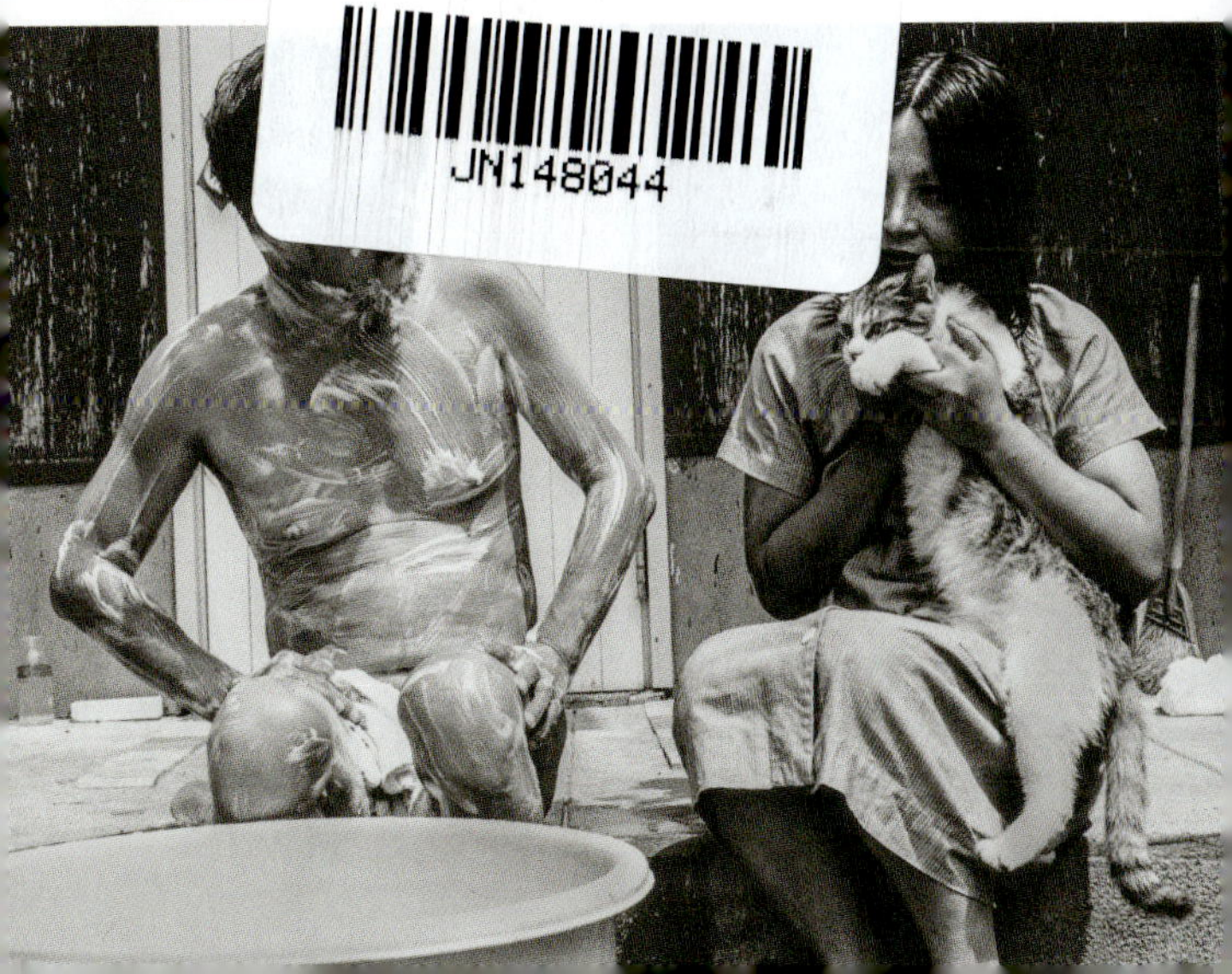

ステンドグラス

武田 花

三十年前、父が建てた山小屋には、手製のステンドグラスがある。立派なものではない。高い天井近くの窓に張りめぐらした色つきの透明プラスチック板に、切り絵を貼ったものである。切り絵は、雑誌や父が描いた絵を、父に云われるままに母と私が切り抜いたのだ。午後、陽が丁度いい角度で当たり始めると、家の中に赤青黄色の影が映る。陽が傾いていくに従って、恐竜だの、ハイヒールを履いた女の足だの、サーカスの玉乗りだの、いろいろなものの形が、襖から暖炉へ、暖炉からソファへと移動する。遊園地のようで楽しい。

中公文庫

富士日記を読む

中央公論新社 編

中央公論新社

富士日記を読む　目次

富士日記を読む

第一章　その後の『富士日記』

武田百合子

今年の夏

東京のアパートは陽がよくあたらないから、十五年ほど前に富士北麓に山小屋を建てた。毎年春になるのを待ちかねるようにして出かけ、秋まで、一年の半分ちかくを夫とここで暮らしていた。去年の秋に夫は死んだ。夫の身の回りのものや本などを東京の家へ持ち帰りたくて、今年は八月の半ばになって、はじめて娘と山の家へ出かけた。

一年ぶりで鍵をあけると、閉じこめられていたカビ臭い冷たい空気が、少しずつ台所の戸口から表へ流れていった。

食堂のストーブに寄せて、枯草と泥がついた男物の黒い雨靴がそろえて脱いである。草刈りから戻った主人が上靴に履きかえたまま。長椅子に作業ズボンと木綿の兵隊靴下が、蛇のぬけがらのように脱いである。ズボンにも枯草と泥がついている。

仕事部屋のこたつ机の上には、筆入れと原稿用紙。筆入れから出してある赤えんぴつと4Bのえんぴつ。富士山の絵葉書。大明解漢和辞典。鼻をかんで丸めたちり紙。灰皿に吸いさしのタバコ。封を切った箱からセブンスターが二、三本ころがり出ている。底に二センチほど飲み残してある酒瓶。九月八日の新聞。

そうだった。去年の九月九日だった。颱風が北上してくる先ぶれの風雨の激しい日「雨が降ってイヤだ。一日でも早く東京へ帰りたい」と、突然夫がいうままに、台所のゴミの始末などだけして急いで山を下りたのだ。お彼岸のころと紅葉のころにはまた来るつもりで。

「おとうさんて、ここに来て家の中に入るとすぐタバコを吸ってたね。去年の古いタバコを平気で吸ってたね」と、娘がおかしそうに言った。「そうだったね。もったいながり屋だったのかしら」「そうじゃないよ。とにかく早くタバコが吸いたかったのよ」

よろよろと無器用な後ろ姿をみせてストーブのそばの雨靴にはきかえ、ゴムののびたあご紐をたらりとさせて麦わら帽子をかぶり「草刈りでもしようっと」と、さも嬉しそうに陽が射してきた庭に出て行った人。その人があらわれたら「あら、とうちゃん、どこにいたの。ずーっと二階で昼寝してたの？　あんまり静かだったから、死んじゃったのかと思ってた」「そうです。一寸死んだふりをしていました」私たちは、いつものようにそんなことを言ってふざけるだろう。娘と二人で去年のタバコを吸ってみたら、びっくりするほどまずかった。

文鎮をのせたコクヨの二百字詰原稿用紙にメモのようなものが書いてある。

『九月八日。冬か夏かの議論が、永いあいだなされていて、いまだに決着つきませんでした。ネコ語については、ネコにしゃべる（鳴く）チャンスをあたえなければ永久にわからないとわかりました。語彙がふえるかふえないかは、ここにかかっているのです。ネコが人間を支配する方法はたくさんあるが、言語こそ直接的に我々ニンゲンに影響をあたえるのです。ネコは自分のナキ声が、通じることもあり、通じないことが大部分だということも知っている。したがって〈通じなくてもしゃべる言語〉をたえずしゃべることになる。しかし〈通じる〉とは何か。相手の中にいくらか入りこむこと。ニャー、ニャンニャンと、人間の耳にいれて置く。人間にその習性をあたえること。たまたまネコが存在するがためにネコを可愛がるのであって、ネコモドキが存在するとすれば、ネコなしでも充分すまされる。』

判読しにくいおどるような文字で書いてある。晩年は右手に力がなかったから、4Bのえんぴつを使っていた。東京にいても山にいても早寝の夫は、夜中に起き出して明け方まで、少しずつ酒を飲みながら、本を読んだり仕事をしたりしていた。飼猫のタマは、夫が起き出すと、必ずやってきて机に上り、真向かいから凝視して話しかける。ときには原稿用紙の上に坐りこんで、しゃべり続けた。ネコを叱ることの出来ない人だったから、ネコがうるさくなってくると、総入歯を口から出して、獅子舞の獅子頭のように両手でパクパクと音をさせた。ネコはこれが何よりもイヤで机からとんで逃げた。去年の夏の終わりにも、とりとめもなくこんなことを書きながら、早く東京へ帰りたいと思いながら、キライな雨の降る夜中、夫はネコと遊んでいたのだ。

翌日、庭をまわって茂りすぎた木の枝や草をはらう。陽が射してくるとうぐいすが啼いた。耳をすませば、かすかに聞き馴れた鎌の音がして、その方角へ草をわけて行けば、しゃがんだ後ろ姿がありそうだった。何もかもいつもの年と同じなのに、ひと一人、足りないことがふしぎだった。どうしていなくなったのだろう。東京の家で初七日、三七日、五七日、忌明け、納骨と、ようやく納得させられて暮らしてきたのに、ここにきたらまるでちがう。隠れているみたいだ。ふっとあたりを見まわしてしまう。

東京へ帰る日、台所の窓の戸袋から、今年かけた四十雀《しじゅうから》の巣をとり出した。来年巣づくりにくる四十雀のために。とっくに巣立っていったあとの巣とわかっていても、毎年これをするときは、何かわるいことをしているような気分だ。怖ず怖ずと土の上にひろげると、一つ残っていたギンナンほどの小さな卵は、陽にさらされてすぐに割れ、黄身が流れ出た。巣は杉苔のほかに、兎の毛、黄色や赤の毛糸屑、木綿糸、格子縞の洋服布のキレハシなどで出来ていた。夫の髪の毛がひとつまみほど混じっていた。五センチ位の長さで黒くツヤツヤと光っている髪の毛は、去年、夏の盛りの風のある暑い日、テラスに椅子を出して私が刈ったのだ。「とうちゃん、こんなところにいたの」あのときよりも少し剛《こわ》く乾いた手触りになっていた。

「もうじき一周忌ですね。早いものですね」と、人はいってくれる。「はい」と応えているが、早かったのだか、遅かったのだか、私にはよくわからない。体の中の蝶番《ちょうつがい》がはずれてしまっているのだ。相続などの手続き事務はひと通り終わった。道を歩いていると、夫や私より年長の夫婦らしい二人連れにゆきあう。私はしげしげと二人の全身を眺めまわす。通りすぎてから振り返って、また眺めまわす。羨ましいというのではない。ふしぎなめずらしい生きものをみているようなのだ。

（初出『毎日新聞』一九七七年十月四日夕刊）

二年目の夏

二年ぶりに、富士の山小屋で夏を過した。

遅い夕餉の半ばに、花火の揚る音が聞えた。そうだった。湖上祭だった。夜になりかかっている庭を上って門まで出てみる。樹間をすかして河口湖の方角の赤紫色の空に、音と合わない遠い花火が開いては消えていた。

S荘のおばさんが白い簡単服を着て、やっぱり道に出てきている。

「東京の人はきゅうりとわかめの酢の物なんどあがるかねえ」

二、三日すると持主が東京からやってくるので、そのときの食事のことを考えると気が気でない、という。人恋しかったのか、おばさんは私の側に来て石垣に並んで腰かけた。

山荘の留守番という仕事ははじめてで、いままではずっと病院で付添婦をしていた。病人の体をさすってやる位で、この歳になってもいい料理一つ出来ねえ、と打明ける。

「わたしとこは代々機業で食ってきたですよ」

いまは嫁が家業をとりしきって、息子は会社づとめをしている。最近はネクタイ専門。ネクタイというものには柄があって流行があるから困る。柄を変えるたびに機の仕組を変える。仕組を変えるのだけは男衆を頼まねばダメだ。男衆を頼めば金がいる。戦後ひところは何を織っても夢みたいに売れたときもあった。

「いいことばかりはないねえ。ネクタイは一日に何度も機の仕組を変えるですよ。機をやめて働きに出たいと嫁はいうけんど、わしがとめてるですよ」

亭主が戦死してから働き通しだったから、外に出ているのが自分の性に合っている。もう長いこと付添婦をつづけている。病人が退院すると、ちょっと家で休んで、また病院に行く。

おばさんはそんなことをぼつぼつと話す。

「よくなったで退院するじゃねえ、死んだで退院する人に付くこともあるね」

「旦那さんが死んでから、どの位経てば平気になる？」

「なかなか馴れんもんだなあ。いやなもんだ。十年はかかるね。十年経つと何ともなくなるですよ。奥さん、一人でこんなところにいて怖かないですか。わたしらこの近くの人間だけんど、こんな暗いとこははじめてだ。病院の夜も暗いけんど、人の息は聞えるだから。ここは自分の息しか聞えねえ。まったく墨を流した闇んなって……早く夏が終るといいね。秋からは病院の仕事に戻るですよ」

昨日からの気がかりなことを何だか私も話してみたくなる。

「なかなか、ないこんだで。蝙蝠《こうもり》が入ってくるちゅうのは。縁起がいいじゃん」

おばさんは羨し気に眼を光らせた。

「そのまんま、好きにとばしておかっしゃい。蝙蝠は人なつこいちゅうか、人を恐れんだで。仇もせんもんで」

昔、夕方、蝙蝠傘をひろげてこんな風にすくったら、ふいっと一匹入ってきた、と暗くなった道で、おばさんは民謡踊風に恰好をしてみせた。

昨日の夕方、食堂にいたとき、黒い大きな影のようなものが、暗がりから暗がりへよぎった。大きな蝶や迷い込んだ鳥は狼狽したはげしい羽音を立てる。よぎる黒いものは、ものの間を縫ってやわやわととび、音を立てなかった。そして舞い移った瞬間、逆さに吊り下るのだった。蝙蝠はいつからいたのだろう。戸を開け放してやっても出て行こうとしない。夫が寝起きしていた部屋の梁の上の暗がりを気に入っている様子で、とびまわっては当然のようにそこへ戻る。落ちついた振舞いを眼で追っていると、ひょっとしたら実際にこの眼で見ているのではなく、私の頭の中の影が動いているのではないか、それは頭の中に悪性のおできがあるからではないか、などと不安にさえなってくるのだった。餌を漁るのか、足にくもの糸などからめている蝙蝠のために、私は思いついて蛾や虫を部屋へ誘い入れてみた。夜になると硝子戸の向うにはりついて、肥った腹を見せているおびただしい蛾や虫は、戸を少し開ければ粉を散らして争って流れ込んできた。食べているかしら？　夜更け、私は隣室で蝙蝠の気配に息をひそめている。とろりとしたものがこみ上げてくる。蛾や虫が、ことに肥った大きな蛾が、栄養あるおいしそうなものに私にも思われてくる。

二日目の夜には、私の顔や肩を巧みに掠めて床に下りた。椅子の脊もたれにぶら下った。どこへぶら下っても、そのたびに、注意深く私へ向ける顔。わざとらしいほど大きな、学芸会の扮装みたいな耳を絶えず微妙に震わせている。その様子からすると、ふしぎそうに私を見ている丸い黒い眼は実は見えないのかもしれなかった。

煤を水に浮かせて作ったような薄黒い柔かそうな羽。その羽は、ものにとまったとたん、細い黒い骨の間に、それこそ蝙蝠傘をすぼめる具合に、実にす早く畳まれる。

鹿爪らしいその動作。

三日目の夕方、食卓にきた蝙蝠に布をかぶせて庭へつれだした。

「出て行くまで一緒に暮らせばいいじゃん。猫にとられてもいいじゃん。そんときはそんときのことよ。そんときは猫がうんと喜ぶですよ」

昨日、おばさんはそうも言っていたけれど。

力を抜いてじっとしていた蝙蝠は、布をはぐと、黒い紙片のように、近くの松の木へまつわり上っていった。そこから夕方の空へ、今度ははっきりと蝙蝠傘をひろげた形になって低めにとび、見えなくなった。

白い桔梗が咲いている。数えると十二輪の花。奉書紙に鋏を入れて切りとったような花。淡緑の蕾《つぼみ》を無数につけて一夏を咲きつづけるつもりなのだ。この花、一昨年の夏、私が植えた。夜も花を閉じないから、庭を下りてくるときの目印に植えたのだ。これを植えているとき、夫は庭においた籐椅子で見ていた。掌にのる小さな株だったのに、今年は一抱えもある、肩までの株になっている。夫の籐椅子は同じところにあって老猫がねている。蝙蝠を放したいまも、猫はそこから、もの憂さそうに片眼をあけていた。

「玉。お前が今度はいなくなるか?」

猫は愛想笑いなんかしない。不承不承、椅子から下りて歩いて行きながら、旗本退屈男そっくりの大真面目な美貌で振り返る。

「そんなこと、わかるはずがないでしょ。おばさん、あんたかもしれないでしょ」私の軽々しさを咎めるように。猫がいなくなった籐椅子に坐り、夫の真似をして私は脚を組んでみる。空を見て、それから眼を閉じてみる。

(初出『新潮』一九七八年十一月号)

富士山麓の夏

いつの夏だったか。大学が休みになって山へやって来た娘をつれて、大岡山荘の玄関先へ伺うと、ちょっと、ちょっと、と紙きれを手に持ったパジャマ姿の大岡（昇平）さんが、斜めにかしいだように出てこられて、「この中で面白いのある？」と娘に訊かれた。大岡さんは山へ来ると、富士吉田にある三本立（二本立のときもある）映画館にかかる七月八月分の映画の題名と上映時間割を、映画館に電話して、すぐ調べてしまわれるらしい。

「あ。この『悪魔のいけにえ』、これが名作です。是非おすすめします。私ももう一度観たいぐらい」紙きれを一覧した娘が自信をもって答えると、大岡さんは「よし」と、そこのところに印をつけられた。

『悪魔のいけにえ』は、田舎のおじいさんの別荘へ行って遊ぶつもりの兄妹とその友だち五人の青年男女が、車を走らせている途中で、次々と怖い目にあう。やっと目的の別荘に到着したら、何と隣家には殺人鬼家族が暮していて、もっとひどい目にあう……というあらすじのアメリカ映画である。

大岡さんのお役に立ったので晴れがましい気分になり、スキップしそうな足取りで、私たちはうちへ帰ってきた。「大岡はいたか。どうしてたか」と、いつものように武田が訊いた。この報告をすると、何だかつまらなそうな顔をした。

それから十日ほどして伺うと、大岡さんは玄関へ出てこられるなり、「おいおい。よくもあんなもん、すすめてくれたなあ。何が名作なもんか。ありゃメチャクチャな映画だよ。シャクだから観てたけど、とうとう我慢出来なくなって途中で出てきた。ほんとにひでえなあ。いま思い出しても気持わるい」と頭をふるって憤慨されたので、私は驚いて、すみませんでした、と恐縮するばかりだった。「大岡はいたか。どうしてたか」涼み台にひき出した椅子に腰かけていた武田が、いつものように訊いた。今日の大岡さんについての報告をすると、歯のない口をぽっかり開けて、ああいい気味!! という風な笑い方をした。

うちの庭から野原一つをへだてて西の方角に、大岡山荘の玉虫色に光る青い屋根が見える。大岡さんのお宅へ私を使いに出すとき、「玄関で失礼してくるんだぞ」と武田はいった。二人で出かけるときには、「あんまり飲んじゃいかんぞ。行儀よくしなきゃいかんぞ」といった。

昭和五十一年の夏は、大岡さんがなかなか山へやって来られなかった。八月五日の晩、湖上祭の遠花火の音を、雨戸をたてた家の中で聞きながら、「大岡のやつ、あしたは来るかな」と武田はいった。心臓の具合をわるくされたので、山へ来ても大岡さんは出歩かれなかった。あの年は、雨の日が多く、いやに夏が短かかった。武田は二度、大岡さんのお宅へ伺った。二度目は、九月に入ってからだった。石油ストーブを焚いた食堂で、「もう帰るよ。前は寒くなればなったで、ダンロに火なんか焚いて楽しんだけど、寒いの我慢するのなんか、バカバカしくなった」と、大岡さんはいわれた。二、三日して私は肉まんをこしらえた。大岡と大岡の奥さんに二つずつやりたい、と武田がいうので、ふかしたてを持って行くと車がなく、玄関の前の凸凹した火山岩の石畳が、露でじっとり濡れていて、階下にも二階にも黒い雨戸がたてまわしてあった。その晩、「こんなに寒くてはバカバカしい。俺も帰る」と、武田はいいだした。そうして、東京に帰るとまもなく寝込んで、十月はじめに死んでしまった。

このごろの夏も、私はときどき大岡さんのお宅へ行く。お上り下さいな、と奥様がいわれる。それでは、とすぐサンダルを脱いでスリッパを履き、五、六歩歩いて食堂の椅子に腰かけてしまっている。そして、奥様がつがれるビールを、するすると飲んでしまっている。以前には、食堂の大きな窓の右下の方に、空の色と似ているので目立たないが、河口湖が平たく遠く見えていたのである。夜になれば湖畔の灯りが、キラキラした首飾りを放り出したように、闇に浮んでいたのだけれど、いつのまにやら見えなくなっている。裏庭の木立の背が高くなったからだ。その向うにひろがる村有林の背も高くなったからだ。デデという、薄茶色のつやつやした長い毛がぺったりと体にくっついて生えている犬がいた。よその人が大好きな犬で、食卓の下の四人の膝の間を、触ると妙に温かい大きな背中をくねくねさせて、出たり入ったりした。躁ぎ過ぎて、くおん、くおーんと吠えたりして、大岡さんに叱られたのである。デデには、八年ぐらい、毎年山に来ると会った。武田が死んだ翌《あく》る年に死んだのではなかったかしらん。

大岡さんはぎっくり腰で、階下の和室に寝ておられる。ラクダ色のいい毛布を頭からかぶって寝ておられる。昨日、田貫湖の鱒料理を食べに行ってる間も、少し様子がおかしかったが、帰ってきたら本格的に痛くなったそうなのであった。食堂との境の障子をあけて、大岡さんは寝たまま奥様に命令し、奥様が厚い大きな本を持ってきて私に見せて下さる。富士吉田市のおもいでシリーズ写真集で、その中に井伏鱒二先生と天下茶屋の主人と武田が並んでいる写真があった。大岡さんは毛布から顔だけ出して、今年は富士山の研究をするぞ、とおっしゃった。二言、三言話すと、毛布をかぶり、しばらくすると毛布から顔だけ出して、「ああああ、ああああ、いやんなっちゃうなあ」といって、また毛布をかぶられる。奥様はまったく取り合わず、静かに私のコップにビールをつがれる。

「『二百三高地』は観た？　面白いかね」

「はい。観ましたけど、面白くありませんでした」

「そりゃ、そうだろ。当り前だ」

「でも、ずいぶん混んでました」大岡さんは返事なんかしないで、毛布をかぶってしまわれた。

（初出　『大岡昇平集　5』月報、一九八二年七月、岩波書店）

五年目の夏

沖縄へ台風が近づいている由。そのせいか、黒みがかるほど青い空。波の音に似た風の音。管理所へ電話を借りに行く。坂の上の四ッ辻までくると、そこの上の空だけに赤蜻蛉《あかとんぼ》が高く低く異様に群がり、大きなかたまりになって旋回していた。赤い肌の富士山が全身見える。何だか窶《やつ》れて見える。西へ一本のびた広い道の果てから、今にも解体しそうに揺れながら一台走ってきたトラックが、すれちがいざまに急ブレーキをかけて停った。運転台の扉をいいから加減に閉め、ズボンのポケットに両手をつっ込んで、外川さんがゆらゆらとこっちにやってくる。

「五年位。七年位会わなかったかしら」「皆さんお変りない?」「ときどき思い出して——」私は嬉しくなって、立て続けに声をかけた。外川さんは、ただ、しきりににこにこして、そばへやってくる。右手を出して、手のひらで口の辺りを撫でこすり、その手をポケットにしまうと、次にズボンごと上半身をゆすり上げる。うす赤いメリヤスシャツの胴体が窮屈そうにふくれている。前より肥ったみたいだ。麦藁帽子の奥の小さな吊り眼が光って充血しているのは、前と同じだ。

「へえ。変りは、まあ、ねえです。娘を嫁にくれて、息子が嫁とって。孫も出来たで」「奥さんは？」「ええとお……かかあの方は死んだです」外川さんは恥ずかしそうに小声になる。「いつ？」「えっとお……三年ぐれえ前かな。四年ぐれえかな」なおさら小声になる。外川さんは、うちが二十年前、ここに山小屋を建てたとき、土留めの石垣と石門を作ってくれた石屋さんである。湖上祭の花火見物や正月には、よく外川さんの家に招ばれて行った。元気のいい子供たちが、猫を奪《と》り合ったりして縁側でふざけていた。奥さんが重箱だのアジシオの瓶だのを持って、恭々しく出てきた。外川さんの持っている石山で、ダイナマイトを仕掛けて石を切り出すところを見せて貰ったこともある。

あの石山も根こそぎとり切った、もう石のタネは近くにない、と言う。「主に土木の方を下でやってるけんど」外川さんは財布から名刺を出してくれた。土木一式工事、石工事、造園工事、××土建と刷ってある真白な名刺を私は財布にしまった。

「武田が死んだもので、あたし一人だから、前みたいに長くはいないの。あのー。武田は五年前に死んだのよ。外川さん知らなかったでしょ」外川さんはギクッと体をかたくし、小さな光る眼を狼狽したように伏せて「俺《う》ら、知ってるですよ」と言った。図体や顔つきに似合わない、静かなものの言い方をする人だけれど、一層やさしい声になった。私は、外川さんに会ったら言わなくては、と幾年にもわたって思っていたことを言った。「あのー。武田が死んだあとで、あたしが山でつけてた日記が雑誌に載ったことがあるの、もう大分前のことになるけど。その日記に外川さんのことが沢山書いてあるのよ。それなのに挨拶もしないで載せたから、ずっと気になってた――」「俺《う》ら、知ってるですよ。『海』っちゅう、あの本。役場の先生が教えてくれたで。ここらの本屋にゃねえで、毎月東京の親戚に買わせて送らせてたですよ」「……怒ってたんじゃない?」「怒ってなんどいねえです」明後日はまだ山にいるか、と訊く。明後日はまだいると思う、と答えると、じゃ、と体をゆすり上げ、すたすたと道の真中に停めたトラックの運転席に乗り込んだ。私は管理所へ向って歩きだした。かーんと陽が照り渡っている。土埃りにまみれたヨモギの花に黄色い蝶がしがみついている。遠くの方で鉄パイプと鉄パイプがぶつかり合うような音が二度した。

どうしたんだろう。不意に涙が出はじめ、どんどん流れて、一向にとまらないのだ。

一日置いて、暴風雨の日。雨戸をたてきって、電気をともした部屋の中にじっとしていると、くぐもった声と足音が、きれぎれに聞えた。外川さんは、車からとび出して庭を駈け下りてくる間に、ずぶ濡れになったそうだ。下はこんな嵐ではない、おだやかな天気だ、と言う。畑からもいできたもろこし五本と小さな南瓜をくれた。わかさぎも頼んだが、いまは獲れないといわれたから、今度持ってくる、と言う。缶ビールが一本あったから出すと、何も構わんでくだせ、と言いながら、椅子に腰かける。あちこち探すと、さきいかが缶に入っていたから皿にとると、三本ばかりくしゃくしゃと口に入れたが、まずかったようで、あとは食べない。そして、ビールをちょこっとすすって、眼を吹き抜けの天井の方に浮かせ、しばらくしてから、俺《う》らが思うには、全国的に考えてみて、この治安の行き届いた我が国で起る犯罪のうち、一番バカなのはユーワク事件（誘拐のことだと思う）である。銀行強盗の方がマシである。何となれば……と、せんだって山梨県で起った主婦誘拐殺害事件に関連して、ここのところ考えていることを、先ず話してくれた。その話が終ると、土地の値上りや娘さんの嫁ぎ先の工場や東京で道に迷ったときのことなどを、次から次へと話してくれた。私がおかしがると、外川さんも猿蟹合戦の栗の勇士そっくりな顔を真赤にし、ほころばせるだけほころばせて、きゅうきゅうと声を押し殺して笑った。

話がとぎれて、しんとした。奥さんのことを訊いた。生きてれば六十七歳だ、と言った。六十一だか二だかで一週間患って死んだそうだ。「先生より、ちっとばかし前に死んだかな」外川さんは、先生、と言いかけて、言ってはいけないことを口走ったように眼をうろうろさせ、あとは大急ぎで呟やいた。「だから、あの頃、外川さんを山で見かけなかったのかしら」と言うと「そうかもしんねえ」と、ぼんやりして言い、右手の甲で右眼をひっこすり、人さし指と中指と薬指の三本を眼蓋にあてて、眼尻から眼がしらへ、ほじくるようにぬぐった。左手で左眼を同じようにした。

外川さんは、いきなり立上って外へ出て行こうとする。帰るの？　何？　と訊くと、便所しに、と言う。中にあるのに、と言っても、松の木の向うまで出て行き、あらためてずぶ濡れになって戻ってきた。二度、便所しに行った。

雨が上ったので、外川さんを門まで送って行った。家の中では、これから夕方になり、夜になるような気がしていたが、外は正午を少しまわったばかりだった。厚い雲がきれて、驚くほど青い空が、深い井戸の底を覗いたように見えた。庭の坂道をせっせと上りながら「あのー。武田のセーターかなんか、一枚カタミに貰って頂きたいから、今度東京から持ってくる」と言ったら、前を歩いていた外川さんが直立して向きなおり「ありがたいこんで……」と、思いつめたような声で返事をした。外川さんが、あんまり突然立止ったため、すぐ後を歩いていた私は、外川さんに衝突した。

（初出　『新潮』一九八二年九月号）

北麓の晩夏から秋

河口湖の湖上祭が終われば、すぐ立秋。立秋がきて過ぎる。この間まで、しぶきをあげる勢いで青黒くのび盛っていた庭の草が、黄みを帯びてきた。その中で、秋に花の咲く草だけが花茎をもたげて蕾をふくらましはじめる。いま咲いているのは撫子《なでしこ》、姫しゃが、ききょう、赤い百合。ぎぼしはタネを結びかけている。

抜けるような蒼天の日が毎日続き、富士山は朝から夕方まで、赤い溶岩の肌の全身をあらわしている。晴れている夜は、夜鷹が鳴く。ここずっと毎晩、同じ時刻にひとしきり鳴く。同じ夜鷹が鳴いているらしい。

玉（うちの猫）は今朝、暗いうちから外へ出かけていたが、鶯をくわえて大急ぎで帰ってきた。そして朝ご飯を食べている私に一目見せてから、平らな土の上へ放し、じゃれて遊ぼうとした。鶯は、まだ飛べるくらいの元気はあるのに、あまりの恐ろしさに動転しているらしい。パタパタと派手にはばたいて這いずるだけで、すぐつかまり、再びくわえられて振りたくられる。くわえられると目をひらいたまま、じっと息をしている。三度、そんなことを繰り返されたあと、くわえられたまま、細い嘴《くちばし》を開いて、ホォーと、大きな丸みのある、それはいい声で一声鳴いた。それから死んでしまった。

河口湖の町へ買い出しに下る。お盆で閉まっている店のほうが多い。八百屋兼荒物屋兼菓子屋兼乾物屋（スーパーマーケットではない）のおばあさんが、お盆で野菜が値上がりして売りづらくて困る、といいわけしながら、ぶどう六房を大きな新聞紙にくるんでくれる。このおばあさん、二十年前からこの程度のおばあさんだったが、その後はほとんど年をとらない。勘定も話の受け答えもしっかりしている。

昨日、山の林に沿った道に、地元のバイクや四輪車が何台も並んで乗りすててあり、林の奥から子供や女の笑い声がしていたが、間もなく赤い百合、白い百合、黄色い花、紫の花を、めいめい胸いっぱいに抱えて出てくると、車に乗り込んで下って行った。麓では、どの家でも庭や石垣沿いに、たちあおい、コスモス、ダリア、百日草、グラジオラスなどを、上手に大きく咲かせているのに、お盆の入りには、わざわざ山へ登ってきて、仏様の花を摘んでゆく。昔からの習慣なのだろう。

夕方、沢の向こうのK寮では、研修にきた社員たちが、庭の木から木へ紅白の電球をかけまわし、野天バーベキューとカラオケ大会をはじめた。暗くならないうちに針金を分けてもらいにゆくと、管理人のおじさんは玉ねぎの皮を手伝いの男衆と二人でむいていた。「いそがしそうですね」と言うと、「大していそがしくもないんですよ」とおじさんは小声で言った。

夜、山ねずみの子が二匹、台所の流しにいる。玉にみつかると食べられてしまうから、つまんで表に出してやる。もう夜は冷え冷えしている。星が出ていた。ねずみの子は寒いのか、コンクリートの張り出しの上に散らばっている火山礫に小さな前肢《まえあし》をかけてしがみつき、動かない。

雨がぱらつき、風が吹く。八月の二十六日、富士浅間神社の火祭りである。夏の富士山は今日でおしまい。五合目から頂上までのあらかたの山小屋は閉じられて灯《あかり》が消える。夕方、六時になっても雨風はやまない。火祭りに下るのはやめて雨戸をたてる。七時半、ゴミを捨てに表へ出ると星が満天に出ている。これから全速力で車を走らせて下れば、吉田の通りの大タイマツの火はまだ半分くらい燃え残っているかもしれない。急いで支度をして扉をあけると、星はすっかりかき消え、風が吹き、雨が降っている。やっぱり出かけるのは諦める。

河口湖の町を歩いていると、あまり明るくて、ふっと目まいがする。火祭りが終わって、登山遊山の客が減り、しいんとして白く乾いた通りに濃い秋の日が照りわたっている。洋品雑貨屋の前の電信柱に、水色の目かくしをあて、白い耳袋をはめた茶色の馬が、頭を垂れてつながれていた。鞍下に敷いた黒い布に「河口湖……」と染めてある。後脚の上のほうまで、泥が鱗のようにこびりつき、おなかの血管が太く浮き上がっている。馬の固い顔をさわっていると、店から出てきた長靴の男が、「乗ってみるかね。安くするよ」と言った。

夕方、娘が庭を駆け下りてきて「すごい夕焼けだ」と言う。私も台所で、血のような夕日だ、と思って見ていたところだ。「門まで上がると、もっとよく見える」と言う。早く行かないと沈んでしまう。色が変わってしまう。駆け上がって門のところで見る。「広い道まで出れば、もっと見える」と言う。駆けて行く。真っ黒い樹海の果てに垂れ下がった、血膿を流したような西の空が、橙色になり、黄色になり、浅黄色にさめかかり、左の端の大室山の上に、銀紙を切り抜いて貼りつけたような宵の明星が出た。

K寮のおじさんが焚き火をしている。「静かになりましたねえ。お茶でも飲みに来て下さい」と遠くからおじさんが言う。がらんとした寮の食堂で、おじさんはコーヒーに大きな角砂糖を三個も入れてくれる。粉ミルクの大きな空き缶をもらった。これに古い食用油を五センチほどの深さに入れておくと、ねずみが匂いにつられて飛び込み、つるつる滑って上れず、ついに溺れ死ぬ。去年仕掛けたら十匹くらい入っていたそうだ。「あたしゃ、そのとき、おかしくて一人で笑ったねえ」と言う。おじさんは紅葉のころ、ここに一人で座ってお茶を飲みながら、庭の紅葉を一日中酔ったように眺めているのが好きだそうだ。その楽しみがあるから、こんな山の中で一人で留守番しているのだそうだ。

秋、十月、快晴の日。富士山は五合目まで冠雪。麓のガソリンスタンドに寄る。次女のタツエさんが店番をしている。おじさんはペンキ塗りの指図をしている。弟は今日、消防団の仕事で樹海へ行ってる、とタツエさんは言う。

毎年、日を定めて、この辺り五湖一帯の消防団が一日出勤、青木ケ原樹海へ死体を探しに行くのだそうだ。なるたけ行き合わないように薄目をして歩く者もいるらしいが、そういう人に限って行き合ってしまうのだそうだ。

増水した西湖の水ぎわに、忍野《おしの》村の消防自動車が二台止まっていた。赤いドアを開け、編み上げ靴をはいた足を外につき出して、消防団員が仮眠をとっていた。かけ放しのラジオから歌謡曲が小さくもれている。どの民宿も釣り宿もカーテンを閉め、人影がない。表に並べた自動販売機には、コバルト色のビニール袋をかぶせて縄をかけまわしてある。キノコ採りの男が、落葉の斜面を横ずりに下りてくる。

帰りに、またスタンドに寄る。タツエさんの弟は戻ってきていた。今年は六百人出動し、八体みつけたそうだ。探すほかに自殺防止箱を木の幹にとりつける作業もする。この箱には、やっぱり死ななくてよかった、という自殺をとりやめた人の感想文が入れてあるのだそうである。

二十年前、山小屋を建て、スタンドのおじさん一家と知り合いになったばかりのころ、タツエさんは小学生で、タツエさんの弟は小学校に上がるか上がらないかの子供だった。テレビで人気の怪獣ものかなんかの帽子をかぶって遊んでいた。いまは姉弟二人でスタンドをとりしきって働いている。この間、タツエさんは書道会だかの団体で、中国へ行ってきたそうだ。

（初出『朝日旅の百科　伊豆・箱根』一九八三年十月、朝日新聞社）

夏の終り

九月×日　懐中電灯を提げてO家へ行く。O家の右の林の中の家も、左の林の中の家も灯りがない。O家だけ、台所の四角い小窓から灯りが洩れている。

奥様は、何か口に入れたものを飲み込みながら玄関に出てこられた。コードを低くおろした蜜柑色の電灯の下で、Oさんと奥様が向い合って食事中だった。小さな皿二枚と中皿一枚の食卓。

「明日、東京へ帰りますので御挨拶に」「わたしたちも明日帰ります。いま有り合せで食べていたところ」「わたしも納豆だけで済ませてきました」

暖かそうな赤いカーデガンを羽織ったOさんは、珍しい酒飲まそうか、と言われる。富士吉田の菓子屋が自家製自家用の酒をわけてくれたのだそうだ。コケモモの酒。秋、富士山の五合目辺りまで上って摘んできた実を漬けて作るのである。私は体をこわして此の夏は禁酒していたのだけれど、赤い実の浮いた赤い酒をコップに一杯、すーっと飲んだ。

これも、これも、これも、と着ているシャツとパジャマとカーデガンをひっぱって「明日みんなひっくるめて下の町の洗濯屋に出して、来年の夏のはじめにとりに行くんだ」Oさんは機嫌よさそうに言われる。去年もそうしたそうである。夏のはじめ、とりに行くと「一年経つのは早いですねえ」と、しんみり言いながら、渡してくれるのだそうである。

Oさんは私の懐中電灯に気がついてほめた。夫が生きている頃、ここはよく雷が落ちて停電になるから、停電中でも原稿が書けるようにと、富士吉田で特別明るいのを買ったのだ。「武田は死ぬ前まで、仕事をよくしたなあ。俺もこういうの買おう。来年来たときに買おう」奥様は、来年もコケモモのお酒を貰ったら、来年は氷屋さんで使う柄の長いアルミの柄杓を買いたい、と言われた。

夜露のおりた真暗な道は、そっと歩いても、じくじくと虫の鳴くような音がする。富士山が眼の前に真黒にそそり立っている。送ってこられた奥様に「今日はすごい夕焼でしたね。血の玉のようなお陽様が、——」と、思い出して言うと「わたしは富士山が桃色になったのを一寸見ただけ、西の方は見ないで家の中に入ってしまったから」と言われた。夏なんてすぐ終りますね。一年なんてすぐ経ちますね。また来年までお元気で。そう言い合って、おじぎをした。真暗闇のこの道で、去年も一昨年も同じことをしたように思う。

九月×日　朝、台所の扉をあけると、コンクリートの張り出しに、おびただしい蟻の死骸があった。昨日の朝は、黒いつやつやした胴体に陽を浴びて、一心不乱に肢を動かし、瞬時も休まず右往左往していたのである。それがそのまま死んでいる。

隣りの会社寮の管理人のAさんが、裏庭の浄化槽の前に佇ずんで茫然としている。いま気がついたのだが、糞尿がこなれない形で溢れ、林の中へ幅広く流れ出しているのだそうだ。「この四、五日、ずっと女の子ばかり三十人ぐらい泊り続けたからなあ」と呟やく。

「いまの若い人はどういうのかねえ。勝手でねえ。涼しいわ涼しいわって嬉しがるのは結構だけど、あっちでもAさん、こっちでもAさんで、こき使われてくたびれちゃった。いつまで山に居られます？　今日お閉めになる？　奥さんとこが帰られると、どっとさみしくなるねえ。わたしゃ、つくづく疲れましたよ。お宅の旦那さんがお元気な時分から、こうしてますから。かれこれ十年だもの。来年はもうお目にかかれないかもしれないねえ」Aさんは去年も同じようなことを言った。Aさんは七十三だか四だかになるそうだ。夫も生きていれば、そのくらいになる。Oさんは三つか四つ上だろうか。

（初出『バンガード』一九八四年十月号）

すいとん

私の本『富士日記』には、夫と私、ときには娘も入れて過していた富士北麓の山小屋での暮しが書いてある。朝昼晩、何を食べたかが書きとめてある。それを読んだ人が、「お宅はたいしていいもの食べてなかったんですねえ」と、しみじみした口調で言った。

また、こんなことを言う人もあった。「八月の十五日には往時を忘れないように、すいとん作って食べてるんですね」その人は左翼のまじめな人で、いたく感心されているようだったので、私は恐縮して打消した。

梅雨があけ、土用に入り、あちらこちらの垣根越しに、夏休みの花、さるすべりがゆらゆらと咲きはじめると、私ぐらいの年齢の者には、敗戦の年の真夏が重なり合わさって思い出され、ふだんの暮しはぐうたらな癖に、八月の旧盆が過ぎるころまでは、何かにつけて正気に返るというか、気持がしんとなることが多い。しかし、それはそれで、当時を偲ぶために、すいとんを食べようなどとは、思いついたこともなかった。夫の歯がどんどん抜けてきて、しまいに一本歯となり（全部抜けたらば歯医者へ行って入歯を作るというので、私は待ちわびていたのだけれど）、その最後の一本だけが妙に丈夫なので、ずい分長い間、一本歯のままで食事をとっていた頃、おかゆとか、わんたんとか、そばがき、すいとんなど、歯ぐきでくいちぎれるものを、お膳に出していた。すいとんは作りたてを食べるのが勿論いいのだが、時間をおいて温め直しても、うどんとちがい、ぐだぐだになることが少ない。それに、うどんより「食べた食べたした感じ」がある。

世帯を持ったのは敗戦後まもなくの頃であって、間借りの畳にねころんで、夫はよく私に言ったものだった。「粉となな、油さえあれば大丈夫だぞ」輜重《しちょう》兵として従軍したときに中国大陸の人たちから教えられた知恵なのだろう。豚すいとん（豚肉とねぎと大根又は蕪の汁に小麦粉団子。ごま油少々落す）、すいとん甘辛煮（汁なし。小麦粉団子のみを煮つめた砂糖醬油でからめたもの）、この二つは夫から習った。大へん簡潔な調理法なので、おそらく軍隊の献立ではないかと思う。

すいとん、を国語辞典でひいたら、「水団『とん』は『団』の唐宋音。小麦粉を水でこねて適当にちぎり、野菜などとともに味噌汁やすまし汁に入れて煮たもの」昔の中国語辞典でひいたら、こう出ていた。「水団　Shui-t'uan ウキフ又ハ白玉ノ類ヲイフ。冷シ団子、又梨ノ実ノコト」

台所にある有り合せの野菜を入れた普通のお汁に、耳たぶ位の硬さにこねた小麦粉を、おしゃもじの上にのせて、箸で二口ほどの塊に切り込む。冬は野菜を油で炒めると体が温まる。肉を入れたければ、とりや豚を。でも極め付きは、あくの強い夏茄子と出盛りのみょうが汁のすいとん。茄子は、あまり栄養がないのですよ、という人があるが、そんなことかまわない。茄子のおいしさは、ほかの野菜のおいしさと、まるきりちがう。動物性のものを口にした舌触りがある。茄子が実《な》っているときの様子だって、色だってつやだって、ほかの野菜とまるきりちがう。

暑さのために食欲なく、ないのではなくて、内臓は空いているのだが、何を食べていいのやら、何が食べたいのやら、脳の方のまとまりがつかないとき、作る。みょうがをたっぷり散らす。

「ああ、うまかった。俺、こんなにみょうが食って大丈夫かな。頭ん中のもん（多分、原稿のすじみちのことだろう）、忘れちゃうんじゃないかな」眼鏡をとって、眼のふちにふき出てくる汗をこすりこすり、夫は言うのだった。

（初出　『元気な食卓』一九八六年七月号）

七月の日記

七月×日。東京を出るときは雨、相模湖近辺は嵐気味、大月を左折して山梨の郡内に入ると雨風はぴたりと止んでいた。

山小屋の西側の雨戸を一枚繰ると、戸袋の中で唸る音。蜂が七、八匹噴き出てきた。管理所へとってくれるよう頼みに行く。今年は五軒ばかりの家の戸袋に、ミツバチが巣をかけたそうだ。うちのは去年戸袋に巣をかけていたハチより丸っこくて縞柄がはっきりしてない、と言うと、「多分モモノキだな。ミツバチだといいによお」と、Wさんが早速一人でやってきてくれたが、直ちにハチに刺される。そして、戸を動かしたばかりでハチが騒いでいて駄目だから、もうちっと騒ぎが納まってからとる、と言って帰った。

道を隔てて向いの沢にあるT社寮の留守番Aさんに、今年も来ました、と挨拶に行く。掃除機を使っていたAさんは、掃除機を止めもせず放り出したまま出てきた。白髪染めがあせてラクダ色になった髪の毛が盛り上っている頭へ、野球帽を押えつけたようにかぶり、オレンジ色の馬鹿に派手な半袖シャツを着ている。皺の寄った首すじに白い剛毛が疎らに生え、全体に毛深い人なのだ。

「今年はネズミが多いですよ。ふとんをやられた。お宅はどうですか」

「今日来たばかりだから分りませんが、うちはネコをつれてきたせいか姿を見せません。去年、小屋を閉めるとき、方々に石鹸を置いたし……」

「どうして」と、Aさんは咎め立てするように聞き返す。「石鹸を食べてもらって、ほかのものを食べないようにしてもらおうと思って」「とーんでもない。お宅はそんなことしてたんですか。困っちゃうよお。下手《したで》に出るようなことする人があるから、だから、そこらじゅうの野ネズミがつけ上って、どんどん集まってきてたんだなあ。なんにもやんない方がいいの!!」と、怒った風に言った。

　Aさんのやり方は、こうだそうだ。――コーヒーの空缶に使い古しの油を三分の一入れ、そばにネズミ用の踏台を置いて、ネズミが入り易いようにしておくと、油が飲みたくてネズミは台にのってコーヒー缶の中にとび込む。ネズミはつるつる滑って上れない。そのうち、くたびれて溺れ死ぬ。秋、山を下りるとき、それを仕掛けておいて、三月に見に来る。まだ雪があったですよ。三匹入ってた。わたしゃ、おかしくて、ひとりで笑ったね。割箸でつまんで焼いて棄てる。また踏台を置いとくととび込む。五月と六月にも見に来た。全部で十六匹とったかねえ。それでも、あとからあとからとび込む。野ネズミだから減るということがない。わたしゃネズミの顔が大ッ嫌いでねえ。ネズミに似た顔してるからコウモリも嫌いだ。コウモリも、わたしゃ三匹つかまえた。蚊喰鳥っていうくらいだから、大方蚊を追って入ってくるんでしょ。あれは噛みつくから怖いですよ。飛べば、こーんなに大きいですよ。飛んでるコウモリは、こうもり傘ではたいてつかまえるのが一番いいんだけど。天井の隅に逆さにぶら下ってるとこに懐中電灯あてて、わたしゃ三匹もつかまえた。明るいと動《いご》けないんだ、奴らは。ゴム手袋はめて、その上に普通の軍手はめて、ひねり潰してやった——。

午後、管理所のWさんは、若い大男をつれてきて、戸袋にバルサンを投げ込み、すき間にガムテープをはり、煙でハチをふらふらにした。そのさい、大男も腕を刺された。しばらく待って戸袋の中に物干竿をつっ込んで巣をひきずり出すと、にんにく色したハチの子がぽろぽろと敷居にこぼれ落ちた。三回、竿をつっ込むたびに巣がとれた。最後に、地図の等高線に似た模様のある、煤けた半紙を何枚も重ねたパイ皮のようなものが、竿の先にひっかかってとれた。巣は提灯を三つ重ねた形の三階建で、一番上にパイ皮状の屋根がかぶさっているのだそうだ。巣にも子が大分入っていた。置き放しておくとハチがくるからと、Wさんは草むらに持って行き、ゴム長靴で踏みにじった。パイ皮状のものをはがしてみたら、内側の皺や襞のところどころに、ハチが二、三匹ずつ頭を寄せ合い、肢を縮かめて死んでいた。

夕方、草むらに棄てたハチの巣の潰れた穴の一つ一つに玉虫色の金蠅が一匹ずつたかっていたので、枯松葉を厚くかぶせた。

七月×日。強い陽が射してきた。あるだけの傘をひろげて干す。ひろげて並べたとたんに、三匹のクモがせっせと傘と傘に糸をかけわたして巣をはりはじめた。そんなに一生懸命作っても、やがてこの傘はしまうのだから、ほかのところへかけなさいと教えたいが、残念なことに言葉が通じない。このクモ、緑と黒と黄のたて縞。顔が朱。肢の先も朱色。

草むらで地鳴りのような音がしている。棄てたハチの巣にたかった金蠅が次第にふえ、おびただしい数となって、そのこんがらかった、くぐもった唸り声（?）が、枯松葉を持ち上げるようにして、中から洩れてきているのだった。まだまだ、おいしいものが残っているのだ。

冷蔵庫の具合が悪いのに気がつく。卵など、じっと握ってみると冷たくないのである。氷も出来ていない。とりあえず、古い冷蔵庫にきりかえる。棄てないでおいてよかった。二十年使った冷蔵庫は、冷える力が衰え、扉のまわりのゴムもぼろぼろになったので、去年、新しいのを買ったのだ。古い方を棄てたかったが、庭の急坂を運び上げるのには、女手ではとても無理なので、そのまま台所に置いて、物入れに使っていたのだ。古い小さい方はコンセントに差し込むと、（こういうこともあろうかと、あたしはこの日をじっと待っておりました。まだまだ年ではありません）と言わんばかり、新しい大きい方を見上げ、かつ見返すように、ちょっと斜めに身震いしたかと思うと、グイーンと案外のツヤのある音をたてて電流を体に流し込み、せっせとみるみるうちに冷えだした。新しい大きい方がきたとき、これを馬鹿にして私は悪口を言ったではないか、下駄箱にでもするかなどと、ひどいことを言ったではないか、誠に申しわけないことであったと反省した。

私は庭に出て歩きまわりながら思った。（棄てようと思ったが棄て場がないので、仕方なく放っておいた小さい古いヤツが、働きぶりを見せようと、勇んでお役に立つ、

――この話は何かを象徴している、何だか教えを感じさせる）。すると、頭の中のもう一人の私が（その教えとは何ですか）と質問した。すると、あるような、ないような、大したことではないような、よく分らなくなった。

T社寮へ冷蔵庫の修理について相談に行くと、ごみを焚いていたAさんは、すぐ電話帳で修理屋を探してかけてくれる。Aさんは七十三だか四になるそうなのに、眼鏡なしで電話帳を見ている。二、三日後に修理屋が山へ上がってきてくれることになった。

夜、テレビで、お妾さんと本妻の葛藤もののドラマを見ていたら、ジュウと音がして停電となる。停電は長かった。

七月×日。くもり。あけ方近くだろう。眼が覚めたとき、丁度、かなかなが高々と鳴いた。かなかなの声は、右の方角でしたり、左の方角に移ったりして、次第に遠のいていった。雨戸を閉めきった真っ暗な部屋のふとんの中で聞いていた。明るくなってくると、鶯が鳴きはじめた。犬とそっくりの声の鳥も、ときどき鳴いた。蛙の声の鳥も鳴いた。

午後三時ごろ、修理屋が一人でくる。年寄りだ。さんざん道に迷った、とこぼす。

乱暴に冷蔵庫の裏をはがし、ファンモーターが焦げている、ファンとファンモーターとサーモスタット、全部で三つの部品をとりかえれば直るが、ファンモーターを午前中に山中湖のとくい先で使ってしまって、甲府から取り寄せなければないから、今日は直せない、今週中にまたくる、と言い、帰ってしまった。

七月×日。山を下って、図書館と役場の用事、買出しをしてから、ガソリンスタンドに、今年も来ました、と挨拶に寄る。お昼どきだからと、タツエさん（スタンドの娘）が、おむすび三個、味噌汁、たくわんを御馳走してくれる。食べ終わるのを待って、ドーナツも出してくれる。おじさんは、しゃがんでコードをひねくって何か修繕しながら、「三百六十五日なんてすぐ経つねえ。東京は暑いかね。まだまだ、これからが夏よ」と言った。おじさんは少し痩せたようだ。

休憩していたバスの運転手が、こんな話をしていた。――去年はもうお客さんが東京から来なくて散々だった。毎日毎日、テレビが、河口湖は洪水だ洪水だと騒いだからよ。なーに、実さいは、ほんの一部が水に浸っただけなのに、もう全部水浸しみたいに騒ぐからよ。あんな風にやられちゃあ、殺されたも同じよ。マスコミは悪い。マスコミはひどい。今年こそ挽回せにゃあ。湖畔の住民は、今年の夏に賭けてる。

もう一人いた運転手は考え深そうに、こんな感想をのべていた。——八ヶ岳にすっかり人気をとられた。富士山はちっとばかり古臭いんではないか。

夕方、門の前の草刈りをしていると、Aさんが、新しくきた助手の老人と通りかかり、「夕方は気持がいいから、二人でその辺散歩してこようと思って」と、手をつながんばかりに連れだって林の奥へ歩いて行った。そして十メートルばかり離れてから、突然Aさんが振り返って、「奥さんはえらいですね。本当にえらい。こんなさみしいとこに一人でいるんだから。夜なんか目がとれたみたいに真っくらくらだもん。男二人でいたって、何だかさみしくて怖いですよ」と、大きな声で言った。私は鎌をさげて立上り、Aさんに聞えるように、カラカラと笑ってみせた。本当は私はお化けが怖いタチなのだが、そのことは滅多に人に言わないようにしている。言うと却て怖さが増すから。

七月×日。午前中、修理屋来る。一万三千五百七十円（山岳地方出張代を含む）。一万五千円支払うと、たちまち機嫌よくなって、冷蔵庫を永持ちさせる使い方を教えてくれる。「電話くれればすぐ来てやる。家電（家庭用電気器具のことか）も欲しければ、すぐ持ってきてやる。いいですよ、わたし一人しかいない店だから、何だって自由なんだ」と言った。立会ってくれていたAさんが、「お宅で買えば、いくらか安いでしょ。一割とか二割かたは」と口を出すと、その件については聞えない振りをして返事をしなかった。

夕方、足元の明るいうちにT社寮へ電話を借りに行く。H（娘）は、八月はじめに仕事が一区切りついたら来るという。今日、東京は猛暑だったそうだ。受話器の奥の蒸れたような声。

Aさんは、食堂でいんげんの筋をとりながら、助手の老人に昔働いていた会社の話をしていた。「……わたしゃ、あとで調べてみたら、係長や課長より給料は上だったんだ。何しろ、わたしの仕事は……」老人は合槌をうって、Aさんの喜びそうな賞め言葉をときどき挟む。こないだうち、「今年の手伝いの人は、本当にいい人でねえ。話が合う」と、しきりに喜んでいたのは、こういう組み合せだからだ。そのとき、「去年の手伝いの人は？」と訊いたら、「ああ、あの人。秋になって山下りてからガンになって今年の正月に死んじゃった。あの人もいい人だったけど、さみしいさみしい、こんなさみしいとこイヤだって、文句ばかり言ってさ。面倒臭いったらありゃしなかったわ」と言った。Aさんは、ここ十数年来、T社寮の留守番役を続けているが、助手の老人は毎年変る。玄関の棚に、血液型と住所氏名年齢を書き入れたAさんの黄色のヘルメットが置いてあった。

さっき、庭を上ってきたとき、門柱の黒い火山岩にとまっていた黄色い蝶が、まだ同じところにいる。私が呼吸するのと同じ速さで羽をとじたり開いたりしている。日中の陽を吸いこんだ火山岩は、陽が落ちてもまだ温かい。蝶はときどき横倒しになるが、しがみついて起き直る。

テレビニュースで。

○夏休みがはじまったばかりの江戸川で遊んでいた八歳の男の子が深みにはまり、それを救けようとした八歳の男の子もはまり、一人行方不明、一人死亡。

○六十三歳の日系米人の女性が、一人ヨットで太平洋を横断、日本にやってきた。

○八月に入ると、富士五湖、それぞれの湖で、たて続けに催される花火祭り、報湖祭、湖上祭、神湖祭、涼湖祭の盆踊り大会には、甲斐路国体のために新しく作った「ふれあい音頭」を流行らせたい、と地元有志が抱負を語り、〽めぐる山々、夢のせて、つどう心に花が咲く。ロマンゆたかな歴史の跡に、花を咲かそう、咲かせよう、甲斐路国体こんにちは、ほんに嬉しやこんにちは。と、水色ぼかしの浴衣の地元の婦人連が、白足袋の足どりもやわらかく踊ってみせた。浴衣に白足袋という姿は、妙にワイセツな感じがする。

（初出　『辺境』季刊夏号、一九八七年七月）

北麓初秋

三日ばかり泊まりにきていた娘が、午後帰る。送りがてら山を下りた。河口湖の町の八百屋で、ぶどうの籠《かご》を土産に買い、娘は新宿行きの電車に乗った。改札口から見える富士山は、赤と緑と濃紺のまだらの肌をした全身をすっかり現し、西の空に浮かんだ円い形の輝く白雲が一つ、磁力に吸い寄せられるように形を崩しながら近づいてゆく。

ガランとした待合室で、医療器具などの外交販売員らしい若い男に、老人がいい機嫌の大声で話している。……今年は冬に二百年経つ杉が枯れたぐれえの寒さがきた。雪で枯れたじゃない、凍って枯れた。一メートルも地下が凍ったで根が枯れたわけだ。こんなに寒けりゃ天然自然のものは枯れるで、年寄りも死ぬかと思えば、人間は暖かく着たり、こたつに入ったりで、今年のような冬は却って気をつけるで死ななかった。老人ホームでも死なない。葬儀屋が祭壇貸す回数がいつもより少なかった。それにまた、湖上祭の花火の日はよく晴れて、こういう日によくある夕立もなかった。いかに晴れても夕立があったじゃ、空気に湿りがきて仕掛け花火はうまくいかない。わしら年寄りは有料便所の係よ。ずらーっと便所に列が並んで、十円とっちゃあさせてくれたけんど、うんと面白かったなあ。雨の少ない夏はぶどうもうんと甘味が出る。そんなこんなで、めったにないいい年だった……

晩ごはんを食べ終えてテレビを見ていたら、ふわーっと停電になった。二、三度力なく灯っては消え、それからずっとつかなかった。蠟燭《ろうそく》をたてて便所に行くと、暗闇から何匹ものこおろぎが、いちどきに頸《くび》すじやもんぺに跳びついてきた。コンクリートの三和土《たたき》は寒いのだ。蠅も髪の毛にきてたかる。

高窓の外に濃い稲光りが明滅するうちに、石垣とバラスを敷いた径と屋根のトタンに雨の音が走って、どっと降りこめてきた。ふとんに入ってじっとしている。海の底に横倒しになっているようだ。表の雨音とは別に、ときどきカサリカサリと紙がめくれるような音が、高い天井の梁の奥あたりでする。夏のはじめに山小屋をあけたとき、姿を見せないのでいなくなったと思っていたが、蝙蝠《こうもり》が二匹、やっぱりいるらしい。眠るまでに地震が一回あった。

眼がさめると、ケクケクと変な鳴き方をして、鳥が屋根の上の空を渡ってゆく。そのあと遠くから賑《にぎ》やかな行進曲が聞こえてきた。うちの方へやってくるらしい。楽隊がこんな早くに？　こんな山ん中に？　わくわくして起きた。昨夜、停電のさいに消し忘れたテレビが、早朝のカラー調整を流しているのだった。

陽が射しはじめてから、向かいの沢の会社寮へ電話を借りに行った。「今日は幾日ですか。ここに一人でいると幾日だかわからなくなる」電話をかけ終わるのを待って、ぼんやりと窓の外を眺めながら管理人のAさんは言う。寮は十月の半ばで閉じて、山を下りるそうだ。もうストーブを炊《た》いている。「今年の夏もえらい人がいくたりも死んだねえ」「……えらい人って？」「えらい人って有名な人。たしか、どんどん死んだような気がするよ」

Aさんは沢を上って上の道まで一緒に出てきた。井戸の底の水のような黒ずんだ青空に、ごっと底鳴りして風が吹きわたる。夏も秋も朝でも晩でも、この道から眺める富士山が一等好きだ。富士山の胸板にとりついて、という感じがある。うっとりする。「ゆんべ、夜なかにこの道を車が通ったな。ほら、ここにタイヤの跡がついてる。この一帯はお宅とうちしかいないのに、嵐の夜なかに、ここを通ってどこへ行ったか

昭和48年頃、山荘近くの道で

昭和41年頃、犬のポコを抱く武田泰淳

昭和44年夏、大岡昇平(左端)と武田夫妻

昭和49年8月、山荘付近にて

昭和49年8月、山荘のベランダにて。草むらに猫の玉が見える

昭和49年8月（写真　中央公論社）

ライオン丸のお面が気に入って

昭和50年8月頃、山荘にて猫の玉と

ね」七十半ばでも眼のいいAさんは、すぐさま異変を見つけ、探偵のように道を睨《にら》んでいたが、ごはんでも食べるか、と我に返ったごとく独り言を言うと、沢を下りていった。

（初出「山水鳥話」『朝日新聞』一九八七年九月二十五日夕刊）

第二章　『富士日記』に寄せて

宇宙のはじまりの渦を覗く

小川洋子

すぐれた日記文学を読むと、言葉に胸をつかまれ、日常を突き抜けた先に潜む、世界の深みに引きずり込まれる感覚をしばしば味わう。例えば、永井荷風の『断腸亭日乗』。晩年、気力と体力の衰えからか、短い記述が目立ちはじめる中、〝午後浅草〟〝正午浅草〟の一行が繰り返し登場する。それは律義を通り越し、ほとんど呪文のような執拗さでこちらに迫ってくる。一切の装飾を拒否した一行から、異界へ近づこうとする独居老人の足音が聞こえてくる。

『アンネの日記』では、〝親愛なるキティーへ、〟が繰り返される。ほとんどすべての日記が、架空の友だち、キティーへの呼びかけではじまっている。その呼びかけは、隠れ家の小部屋から、自分の声をできるだけ遠い場所まで届かせようとした少女の、切実な願いの結晶である。

そして『富士日記』。天気と献立と日々の出来事、ただそれだけしか記されていない日記に、なぜ自分はこれほど心惹かれるのか、いまだに分からない。読み返すたび、新たな不思議が沸き上がる。ふかしパン（ベーコンと玉ねぎ入り）の味を想像したり、石屋の社長、外川さんの男気に感心したり、運転中に勃発した夫婦げんかにひやひやしたりしているうち、いつの間にか果てしない気持になっている。ささやかな毎日の営みの根源につながる、宇宙のはじまりの渦を覗き込んでいる。あれ、そんなつもりじゃなかったのになあ、と独り言を呟きながら、また次のページをめくっている。

日記をつけるよう勧めた泰淳は、〈面白かったことやしたことがあったらそのまま書けばいい。日記の中で述懐や反省はしなくていい。反省の似合わない女なんだから〉と言ったそうだが、その忠告は見事に守られた。あるいは百合子さんの書き手としての素質が、自然とそのような忠告を導き出したのか。いずれにしても百合子さんは余計な分析をしない。とりあえず納得するための結論を出さない。感情に訴えない。目の前の出来事を、言葉で取り繕うより前に、ありのままの状態でとらえることができる。そういう書き手なのだ。

昭和四十四年五月十日の日記に、犬の墓に一輪だけ咲く花の描写が出てくる。

〝花は百合よりもっとうつむいて咲く。花の奥をみようとして、花柄に指をかけて仰向かせると、花の柄はしなやかでくにゃくにゃしていて、猫の手をいじって遊んでいるときそっくりの感触だ。動物のような花。……散ってしまうとほっとする〟

一輪の花と人間の間に通い合う、緊張をはらんだ静けさが、鮮やかに切り取られている。何の仕掛けもない、平易な言葉の連なりに油断していると、妙に生温かい花粉に足を取られ、花芯の奥に一人取り残されてしまう。墓に眠るものの気配を足元に感じ、自分が生と死の危うい境界を踏んでいるのに気づく。しかしどんなに目を凝らしても、そこには名前も不明の小さな一輪の花が、ただ描写されているにすぎない。

対象が人間になっても百合子さんの書き方は変わらない。友人の竹内好さんを山荘に招待した日、泰淳は得意げに湖などを案内して回る。はしゃいだ様子の泰淳に対し、竹内さんは、「ここは普通のところだぞ。普通だぞ」と言ってからから。東京から持参した牛肉で三人はスキヤキをする。運んでいる間に古くなったのか、牛肉は色が紫がかり、煮ている間に泡を吹いてくる。泰淳は消毒になるからと言って更に酒を勧める。

実に素朴でかけがえのない一日である。ただし読み手が勝手にそのような感慨を覚えるだけで、文章の方から何かを押し付けてくることはない。ひたすら出来事だけが記録されてゆき、結局は泡を吹く紫色の牛肉に行き着く。もちろんそれは何ものをも象徴しない、単なるスキヤキの材料なのだ。

普通、装飾をはぎ取り、物事の本質を見通そうとする時、抽象的なものに集約されがちだ。例えば、友情や人生や無常といった、誤魔化しのきく便利な言葉に。けれど百合子さんはそんな言葉に頼ったりしない。友情よりも、紫色の牛肉の方がずっと魅惑的だと、『富士日記』を読めば誰にでもすぐ分かる。

百合子さんの綴る言葉たちは、背負っている辞書の意味を一旦下ろし、日記の中でのびやかに振る舞う。意味を与えられる以前の、原始の姿を取り戻しているかのように思える。それらは頭で組み立てる意味よりももっと大事な、本当なら言葉にできないはずの響きをまとっている。

特に言葉の自在さが際立つのは、死が描かれる場面である。日記にはいくつもの死が登場する。梅崎春生が死に、江戸川乱歩が死に、石山の事故で職人さんが死ぬ。ポコが死に、タマに襲われてもぐらが死に、庭のまんなかで兎がハラワタを出して死ぬ。中でも最も忘れがたいのは、やはり愛犬ポコの死だろう。昭和四十二年七月十八日、山荘へ向かう車中、籠の蓋に首を挟まれてポコは息絶えた。

〝ポコ、早く土の中で腐っておしまい〟

この一行に行き当たるたび、不意を突かれる。もし『富士日記』の魅力を伝えようとするなら、これを示すだけで十分だ、と思えるほどの一行である。腐る、という言葉がこんなにも愛情深く伝わってくる例が、他にあるだろうか。百合子さんには、泰淳が掘った土の中に、生きているものと死んでいるものがつながり合う通路が、見えていたに違いない。それは、ぼんやりとした単なる概念ではない。触れれば、土の柔らかさと湿り気がちゃんと掌から伝わってくる。その通路を見通す百合子さんの目には、愛犬を託すに足りる場所であるという確信が浮かんでいる。だからこそ読み手は、腐る、の一言に、かつて味わったことのない特別な響きを聴き取る。

『富士日記』を読んでいると、自分も百合子さんに描写されたい、という奇妙な欲望を感じる。百合子さんの瞳にしか映らない自分の姿を、見てみたいと思う。だから、泰淳が羨ましい。日記の中で、最も濃密な視線を送られているのは、間違いなく泰淳である。

追突してきたトラックの運転手に、抗議するどころか、缶ビールを勧め、タバコをやり、「——しかし、人間というものはそういうものなんだなあ」と言って笑う。外出先からなかなか帰ってこない百合子さんを心配するあまり、大岡昇平夫婦を巻き込んで大騒ぎする。美しい枝垂桜《しだれ》に見惚れている百合子さんに、「花の重みで土に枝先がついてしまっているのだ」と主張する。次々と病気になる大岡に向かい、「俺なんて脳血栓にまとめてます」と自慢する。

どんな時でも百合子さんは、夫の真の姿を見逃さない。肩書も立場も関係ない、今、目の前にいる一人の人間の、無防備で壊れやすい髄のようなものを、あくまでも冷静に、しかし愛おしさに満ちた手つきですくい出してくる。日記には、稀有な関係で結ばれた夫婦の姿が色濃く映し出されている。

やがて泰淳にも病の影が迫ってくる。昭和四十六年十月二十三日、山荘へ行く途中、泰淳は体調の異変を告白する。百合子さんは引き返してお医者さんで診てもらおうかと問うが、泰淳は断固拒否する。運転する妻の髪を撫でながら、「こうやっていさせろよ」、と言う。これはどんな役者にも演じられない、泰淳、百合子の二人にだけ許されたラブシーンであろう。

以降、別れを予感させる記述が、少しずつ見受けられるようになる。カロリー制限の大切さを説かれた泰淳は、「生きているということが体には毒なんだからなあ」と答え、百合子さんをたまらない気持にさせる。海を眺めている時、めまいを起こし、「……うふふ。死ぬ練習。すぐなおる」とふざけて呟く。また来年、と言って来客を見送る百合子さんは、来年のことは思わないで、毎日毎日暮らすのだ、と自らに言い聞かせる。

一か所、とても気になる記述がある。昭和四十七年五月二十四日。

〝小さな小さな虫が土から湧いたように地面すれすれに一杯とんでいる。畑にしゃがんで花の苗をみていると、眼の中に入ってくる。眼の玉の水にひたりと吸いついて眼の中で死んで、こすると眼尻から出てくる。朝のうちは、それればかりしている〟

不快だろうに、百合子さんはその場を立ち去ろうとしない。何かを求めるように、すがるように眼に飛び込んでくる虫たちを拒否せず、好きにさせている。自らの体の一部で、繰り返し小さな死を感じ取る。

『富士日記』では、小さな小さな虫も、一輪の花も、一人の人間も、存在の根源が平等に扱われる。やがて百合子さんは、虫を安らかに眠らせたその同じ瞳で、最愛の人が去ってゆくのを見送ることになる。


一人の外出から山荘へ帰ってきた時の、百合子さんの素直な喜びが、私は好きだ。足元が暗くならないようにと、夫は家中全部の灯りをともして待っている。暗闇の底で、その家はたった一人のひとのために、光を放っている。

「これが私の家。これが私の家」

胸の中でそう呟きながら、百合子さんは庭を駆け下りる。

『富士日記』を読むことは、平凡な日常生活の中にともる光に導かれ、思いがけないはるかな旅をするのに等しい。自分の生きている世界はこんなにも豊かに奥深いのかと、今初めて知ったかのような驚きに心打たれる。

死の床についた時、枕元には『富士日記』を置きたいと思う。ここには、人間のすべて、宇宙のすべてが含まれている。生きているものたちが必ず向かわなくてはいけない場所を、ちゃんと照らしてくれている。

（おがわ・ようこ　作家）

生と死を見つめる眼

苅部　直

思想史家、藤田省三のエッセイを読んでいて、これはいかにも『富士日記』と好対照をなしていると思ったことがある。「風俗の生産関係——遊園地にて」と題した短い作品で、『アサヒグラフ』の一九七八年十月六日号に載ったもの。その後『藤田省三著作集』第八巻（みすず書房、一九九八年）に収められている。

文章はこう始まる。「ちょっと驚きました。日本の奥地は「遊園地」になっていたのである。この夏、若い友人達が白樺湖の奥に連れて行ってくれた時、遅まきながらこの眼で発見したのである」。藤田はそのころ、大学紛争をきっかけに法政大学の教授を辞め、フリーの生活に入っていたから、「若い友人達」とあるのはゼミで教えた卒業生か、あるいはそのころ出入りしていた、みすず書房や庄建設株式会社の社員たちだろうか。研究者の集まりではないような気がする。

当時、日本の各地で工業化や宅地・道路の開発が進み、自然が荒々しく切り開かれていることは、藤田ももちろん知っていた。だがこの一九七八年の夏、長野県の白樺湖畔を訪れて驚いたのは、そこに「完備した豊島園や後楽園の拡大図が出来上がっていた」という事実であった。色とりどりの遊具が並び、水上にはボートが群れをなし、スピーカーが大きな音で流行歌を流している。

実はこの数年後に、高校生だった当方も同じ場所を訪れたことがあるので、その感想はよくわかる。風景の俗悪ぶりに面くらって、友人たちと「シラバカ湖」と呼びあっていた。四十年がすぎたいまは、その場所も観光施設の老朽化が進み、放棄された廃墟建築物をどうするかが地域の課題になっているという。

趙星銀の著書『「大衆」と「市民」の戦後思想――藤田省三と松下圭一』（岩波書店、二〇一七年）が論じているように、人間の自由な「遊び」が、保育器のように管理された空間に封じこめられ、変質してしまった。そういう現代社会批判に藤田の言葉は向かっているので、山の風景の変貌に対する憤りだけには尽きない重みがある。しかしやはり、山村部の観光開発を否定し、人間の手がまだふれていない原初の自然への回帰を夢見るような調子があることもたしかだろう。

『富士日記』は、藤田の白樺湖体験の二年前、一九七六年で終わっている。武田泰淳・百合子夫妻が過ごした山梨県鳴沢村の別荘地も、戦争中までは国有の山林だった(『富士日記』一九六五年十月七日。以下、日付のみ略記する)。戦後、一九五九年に富士観光開発株式会社が創業し、翌年から「富士桜高原別荘地」の分譲を始め、武田夫妻もそこに別荘を買って、六四年から住むようになったのである。日記には、富士ラマパーク(現、富士急ハイランド)や富士スバルランド森林公園(現、富士すばるランド)が何度か登場するが、これらも別荘地やゴルフ場の建設と並行しながら開業していった施設である。

時期はやや前後するし、長野県と山梨県の違いがあるとは言え、戦後の高度経済成長期に各地で開発が進んで、山や農村の風景が大きく変わってゆく過程を、藤田省三も武田百合子も見ていた。『富士日記』の場合、藤田のようにその変化を一種の堕落のように見なし告発する姿勢はない。もちろん藤田は白樺湖を一回通り過ぎただけ、武田夫妻は富士山麓を頻繁に訪れ、別荘での生活を楽しみにしていたという違いはあるだろう。しかしそこには、武田百合子の観察眼の特色もまた、表われているように思われる。

中央自動車道や森林公園の開設。観光施設を作るために樹海を切り開くブルドーザーの姿（六八年六月十三日）。金色の腕時計をつけ、ダイヤモンドの指輪についておしゃべりをする石工の女衆たち（六五年十月七日）。身近な光景の描写からも、地域の姿が変わり、社会が豊かになってゆくようすが伝わってくる。他方で、農家の「真白な障子」（六八年十一月三十日）や、農耕馬を飼っているらしい馬小屋（同六月十二日）など、昔のままの生活を示すものがまだ広く残っていることも、しばしば描いている。夏の日、買物に行った富士吉田で見た光景は、次のように語られる。

暑いので、町の通りを歩いている人は少ない。この辺では肉体労働をする家の人は昼寝をするらしい。裏通りの小道を入ると、開け放った家の暗い奥に、老婆が布のように畳に横になっていたり、子供が三人位ごろんとしていたり、おじさんがタンスによりかかって眼をつぶっていたりする。（七〇年七月二十七日）

武田百合子は「古い家がまだ残っている」とか「経済成長に取り残された生活」といった書き方をしない。見たようすを淡々と書き綴るのみで、その背景にありそうな事情や社会の変化に対する考察へと離れてゆくことはない。しかし、「開け放った家の暗い奥」や、老婆が「布のように」寝そべっているといった克明な描写から、いかにも古びた家屋と貧しそうな一家のようすがわかる。眼の前の光景から、そうした細部を的確に選んで文章に載せることで、その場の明暗や匂いや埃っぽさまでが浮き立ってくる。『富士日記』が読者を惹きつける原因の一つは、この描写の魔術にある。

そして、見たものをあるがままに描いてゆく言葉は、ユーモアをたたえながら、奇妙な空気を漂わせている。この引用でも、老婆や子供の姿は、生命をもたない物体のように感じられる。極端に言えば、一家が何かの原因で死んでいるところに遭遇したかのような。『富士日記』には時々そうした点景があって、はっとさせられる。先ほどふれた女衆を含む石工の作業員たちのようすについても、こういう描写がある。

工事の人たちは、十時に一回、昼食後に一回、三時に一回、きちんと必ず休憩する。休憩するときは、大きな松の木の根元や軒下に新聞紙を敷いて、真直ぐに仰向けになり、顔に手拭をかけて死体のようになって全員眠りこける。そして二十分ぐらい経つと急に起きて、いきなり働きだす。（六四年八月十三日）

「十時に一回、昼食後に一回、三時に一回」「二十分ぐらい」といった細かな数字、また「急に起きて、いきなり働きだす」といったところは、人間よりも自動人形を思わせる。さらに「死体のようになって」眠っているという言葉。これは顔を布で覆った姿からくる連想であるが、生きた人間が死んでいるように見えるという語りかたは、やはり異様なものを感じさせる。

反対に、人間のいない風景に人の生活の跡を見いだす箇所も、いくつか挙げることができる。たとえば、留守になった大岡昇平の別荘のようす。

人が住んでいない家には、庭にも雨戸やテラスにも、そこの家の人の息や仕草が漂っているようで、却って人臭く生まなましい感じがするのは何故かしら。テラスに脱ぎ放してある雨ざらしのゴム草履や、きれいに洗ってつまっている空きびんの箱。外の水道の蛇口につけ忘れたままの水色のゴムホース。髪にひっかからないように、垂れてきた枝をビニール紐で束ねてある裏庭の松の木。白樺の枝で作った、坐ったらすぐこわれそうな腰掛け。（六九年十月十九日）

訪問した日の夜か翌日に、情景を思い出しながら書いているはずなのに、その場で写生しているような克明さである。そして一つ一つの物が、使う人の姿や手つきを浮かびあがらせ、それ自体が生きているかのような気配を帯びている。生きている者が死んでいるように見え、生命をもたない物体が命の輝きを放つ。生と死が表裏一体で、何かのきっかけがあれば、いつでも反転して他方の側を見せてくる。そのように感じる想像力を武田百合子はもっていた。

「一度酔ったときに〝お母さんニヒルだものね〟って言ったら、〝わかる？　そうかもしれない〟と言っていた」。武田花が語る回想である（村松友視『百合子さんは何色――武田百合子への旅』筑摩書房、一九九四年）。この自己認識は、死を敏感に意識する語りにも通じるものだろう。ニヒリズムと呼ぶこともできるだろうが、それは同時に、人間や動物や自然環境の内に生命のかたまりを掘りあてる感性と共存し、おたがいに支えあっていた。その不思議な関係が、『富士日記』の魅力の奥には働いている。

（かるべ・ただし　政治学者・日本政治思想史）

供物として

平松洋子

『富士日記』では、歳月とともに食べ物の表情が少しずつ、少しずつ変わってゆく。陰翳《いんえい》が深まり、輪郭がくっきりと濃くなってゆく。

昭和三十九年七月から五十一年九月、二年間の空白をはさみつつ書き継がれた日記には、おびただしい食べ物が随所にあらわれる。寝たり起きたり、喋ったり聞いたり、食べ物を作ったり買ったり貰ったり食べたり、つづれ織りのような生の時間。その堆積のなかで、身近な人々と死に別れ、可愛がっていた犬を弔って庭に埋め、そして夫が病を得たのち、今生の別れが訪れる。無数の食べ物の背後で、うっすら、ちらちらと蠢《うごめ》いているのが別離の予兆や死の影だと気づくとき、あっけらかんとした一行「朝ごはん、大根味噌汁、たらこ、のり、卵」の持ち重りがずん、とくる。

足繁く富士に通っていたころを振り返って、こう記している。

「年々体のよわってゆく人のそばで、沢山食べ、沢山しゃべり、大きな声で笑い、庭を駈け上り駈け下り、気分の照り降りをそのままに暮していた丈夫な私は、何て粗野で鈍感な女だったろう」

　胸の痛みをこれほどまっすぐに差し出す文章をほかに知らない。しかし、「気分の照り降りをそのままに暮していた丈夫な私」であるならば、だからこそ、ひとつひとつの食べ物に強度がともなうのだと思わずにはおられない。

　日記に登場する食卓の記述は、最初はごくあっさりとしたものだ。「ひる　ホットケーキ」「夜はトンカツ」。ときには「晩ごはん後」と食卓をひとまとめにして記したりしている。買い物の中味や値段、朝食、昼食、夕食を具体的に記録しはじめたのは、昭和三十九年の暮れあたりから。いよいよ一家の食卓が詳細に書かれだすのは、年が明けて昭和四十年元旦である。雑煮やおせち料理を食べて正月を寿いだあと、昼食は「さば、御飯、大根おろし（主人）、パン、はちみつ、ソーセージ残り、スープ（百合子、花）」、夕食は「ごはん、トンカツ、大根の味噌汁」。ありのままの家庭の元旦が微笑ましく、親身な感情を抱くだけでなく、家族三人の暮らしぶりから腹具合、山の家に流れる生活時間まで伝わってくる。そして、山での隣人、大岡昇平と大岡夫人をはじめ、土地の住人たちとのあいだで行き交うたくさんの食べ物や産物や酒は、ひとの情けそのものだ。

　さて、山での食卓は、おのずと東京の家のそれとは違うものになる。都心の赤坂から山梨まで車を運転してやってくるとき、自宅から料理や食材を積み込んだり、道中、紀ノ国屋に寄って買い物をしたり、ドライブインや近所の商店でめぼしいものを仕入れたりする。詳細に記された買い物の中味の羅列は、備忘録の役日も果たしていただろう。保存の利《き》くものを上手に利用するのも、山暮らしの知恵だ。牛肉の大和煮、いわしや牡蠣のオイル漬、コンビーフ、ベーコン、ハム。餅もそのひとつで、しばしば登場する「のり巻餅」は、料理名以外の説明がなくてもそそられる。家族それぞれ、手でつかんだ海苔のあいだから熱くてやわらかな餅がにゅーっと伸びるさまが、繰り返し目に浮かんでくるのだ。

　日々、ちょっとした創意工夫を発見するのもたのしい。

「八月二十六日　晴うすぐもり、夕方より雨
　朝　ごはん、納豆、厚揚げ、のり、うに。

　昼　トースト、スープ（トマト、玉ねぎ）、肉味噌漬（和田金の味噌漬の味噌をと

っておいてヒレ肉をつけてみた)。

夜　ごはん、マグロのコロッケ、キャベツ、トマト。」

過不足のない食卓はいつも通りなのだが、台所に立つ者の手の弾みが感じられる。たぶん頂き物だったのだろう、高級な牛肉の味噌漬の味噌だけを取っておいて自分の料理に生かし、にんまり。夜のマグロのコロッケにしても、挽き肉のかわりにマグロという手があったか、と発想の自由さに感心させられる。

じっさい、台所に立つ手間と時間を厭わない。

「昼　月見まんじゅう(山芋をうらごしして皮にし、中味はとりひき肉の甘辛く煮たあん。ふかして、おつゆに浮かして食べた)とほうれん草」(昭和四十五年十二月二十二日)

すごいなあ、凝った料理だなあと驚いていると、次の行にこうある。

「歯がないから、こんなものをためしに作ってみた。主人『おいしいけど、一回だけでいい。ワンタンの方がいい』と言う」

四十代半ばの主婦の顔がひょいと現れ、また日記のなかに消える。

果敢な料理があれこれ顔をのぞかせるので、そのたびに軽く意表を突かれる。カルメ焼き。松前漬。冷凍の鯛を使って浜焼き。バターと卵を多めに入れてやわらかく焼いたクッキー（自分で「まずし」と酷評している）、刻んだピーナッツを混ぜた肉団子のあんかけ。チーズケーキやチョコレートケーキ。どこにも記述はないけれど、愛読していた料理の本などがあったのではないか。昭和四十年代は、目新しい和洋中の料理がどっと巷にあらわれて家庭の食卓を盛り立てた時代だった。

「富士山荘」ならではのオリジナルな食べ物や料理も身軽にひょいひょいと登場する。ドライブインに寄ったとき買う好物の「へそまん」はなんとなく想像がつくけれど、朝や昼にしょっちゅう食べている「ふかしパン」、あれはどんな食べ物だったのだろう。パン生地を焼くのではなく、蒸し器で蒸かしたものだろうと想像してみるのだが、ベーコン入りだったり、ベーコンと玉ねぎ入りだったり、挽き肉入りだったりするのでケムに巻かれる。または、「桜めし」。桜というから桜色を思い浮かべ、梅干しを混ぜて炊くのかなと予測していたら、「これは茶めしと同じことらしい」と註釈がある。ならば、どうして桜飯と呼んだのだろう。「ここのところ、桜めしばかりしている。桜めしは冷たくなってもおいしい。おにぎりにして海苔をまいてもおいしい。二人とも気に入っている」（昭和四十四年七月三十日）なんて書いてあるから、よけいに知りたくなる。湯豆腐にベーコンや玉ねぎを入れたり、湯豆腐の残りにケチャップを入れたり（「泰淳発案百合子反対、私は食べない」とある）、けっこう奔放。旺盛な食欲と食べっぷりが小気味いい。ハム茶漬やコンビーフ茶漬もこしらえているのだが、赤坂の家では食べたかどうか。山暮らしのおおらかな気分といっしょに茶漬けを啜りこむ音が聞こえてきて、こちらまでせいせいとする。

『富士日記』を読むことは、武田百合子の文章に潜む野生を浴びることでもある。

「みかんの皮は何であんなに一種特別な、うんざりするだいだい色なのかなあ」（昭和四十年一月三日）

「夜、暗くなると庭の桜はガラス細工のようになって咲いている。南の方のも北側の方のも。上の庭も。下の庭も。しいんとして咲いている。食べものの残りを梅のそばに埋めてやる」（昭和四十年五月九日）

「牛肉は少し紫色がかっていて、泡など出て煮えていたので、食べると誰か死ぬかな、と思いながら食べたが、味は変らなかった」（昭和四十年五月十七日）

「すきやきの残りに大根を入れる。大根が鳥肌だったように煮しまったのは、何ともいえずおいしい」（昭和四十四年八月二十九日）

「庭の大根を抜いて大根おろしにしたら、とても辛かったが、却ってておいしかった。主人、おいしがって汗を出す」(昭和四十六年七月二十八日)
「この三色弁当のまずさ!! 卵の部分は無味、ひき肉の部分は味はあるが、その味がまずい!! 犬の肉ではないかしら。これをとって食べるものはバカである」(昭和四十五年六月四日)
「やっぱり二日酔は天井から黒い小猿がとびかかるようにやってきた!!」(昭和四十四年八月九日)
自分で自分の野生を容赦なく手づかみにする言葉のかずかず。
食べ物が絡むと、目や手の動きは加速する。「黒い小猿」に飛びかかられて塩水を飲んで胃のなかを洗っているすがたを「主人はときどき、ちらりといやそうな眼をして黙っている」。見られている自分を、突き放して見ている。
昭和四十五年あたりから、裾野が広がってゆくように食べ物の存在がふくらみを帯びてゆくのを感じる。六月二十九日、泰淳がびわを食べる情景は、あの稀代の名文「枇杷」の源泉だ。わずか二行の記述のなかに、「枇杷」で活写された夫の短い指や湿った指先やすべらかな手の甲が存在しているのだと思うと、日記の内側に息づいている武田百合子の眼の動きを感じてどぎまぎする。その一ヶ月後、夫は、皮を剝いてもらった桃を汁を滴らせながら食べる。先に触れた山芋を裏ごししたやわらかい「月見まんじゅう」も、この年に作った料理だ。夫に忍び寄っている老いの影が、食べ物にすこしずつ被さってゆく。

昭和四十七年六月二十四日。めずらしく夫婦の会話が再録されている。「俺、なんで、トウニュウなんぞになったのかなあ」と問いかけられ、ここぞとばかりに白米の食べ過ぎ、酒の飲み過ぎ、野菜や運動嫌いをふだん夫に窘《なだ》められたり叱られているぶん勢いよくあげつらうと、夫がぽつんと洩らす。

「『生きているということが体には毒なんだからなあ』

私は気がヘンになりそうなくらい、むらむらとして、それからベソをかきそうになった」

味や匂いや色や歯触りや、食べ物の存在自体が『富士日記』にもたらすのはエロスそのものなのだと、私は滝を浴びる心地になった。そして、それが武田百合子をつうじてもたらされるとき、生の祭礼か弔いの儀式なのかわからないけれど、おびただしい食べ物が供物のように思われてくるのだ。

「雨が降るたびに、草はのび、葉や枝はひろがり、緑は深まってきて、時間が刻々過ぎ去ってゆく。毎年私は年をとって、死ぬときにびっくりするのだ、きっと」（昭和四十六年六月四日）

（ひらまつ・ようこ　エッセイスト）

百合子さんの眸《ひとみ》

村松友視

一九六九（昭和四十四）年の一月の休日あけ早々、当時二十九歳だった私は、武田泰淳さんの住む赤坂コーポラスというマンションを初めておとずれた。この年の六月に中央公論社から創刊される予定の文芸誌『海』編集部に配属されて半年ほどたった頃だったが、『海』の創刊号から連載がスタートする武田泰淳作品「富士」の担当者となった挨拶をするためだった。

この日は、編集長とともに武田家をおとずれる予定だったが、編集長は出がけに『海』創刊にからむ急用が生じて、私が先に社を出て約束の時間に武田家へ向かったのだった。編集長に初対面である未知の大物作家に紹介してもらうつもりだった私は、いささかの緊張と不安を覚えながらのひとりでの訪問だった。

マンション入口の階段を二階へ上がり、左へ目をやると奥へ向かう廊下の左側にいくつかの部屋の入口のドアがあった。階段から数歩のところに、そこだけが鉄製の上に木製の鎧戸を取り付けた入口があった。鉄製のドアの冷たい肌合いをやわらげるためとも、見知らぬ訪問者への用心深さとも取れるそんな入口のしつらいの中に、苗字だけの、なるべくじっくり読まれたくないという気分を込めたような、「武田」とだけ素っ気ない書き文字で記された表札があった。そして、呼鈴《よびりん》の下に「御用のおもむきはあらかじめお電話にてお願いいたします。お電話は午前中におかけください」と、これまたわざと稚拙に書かれたような文字を書き記した木片がぶら下がっていた。

おずおずと呼鈴を押すと、内側にかすかにひびく音が耳に伝わったが応答がなく、ふたたび指を呼鈴に近づけようとしたとき、「はい……」と、人見知りを想像させる女性の声がして、内側の鉄製のドアが半分ほど開けられた。

半分ひらいたドアの内側に、客をたしかめるように覗く、他者への怯えのからんだ女性の眼があり、中心にある眸が瞬時にいくつもの色に切りかわった。その独特な眸の持ち主が、武田泰淳夫人の百合子さんだった。

緊張と不安をいだいてたずねた私の心理状態ゆえの過剰な受け取り方かもしれなかったが、精巧なカメラ・レンズの内側で瞬時に開閉する金属の羽を思わせるシャッターと、夜行性の梟《ふくろう》の表情の素早い変化が武田百合子さんの眸とかさなり、強烈な第一印象として私の目と心に灼きついた。

応接セットに案内され、出してもらった茶を喫しつつ、何度か腕時計に目をやったり、半円のカウンターをアコーディオンカーテンで覆った内側にあるキッチンらしい場所に姿を消した百合子さんを気にしたりしているうち、二階から咳払いの声とともに武田泰淳さんが降りて来られて、ソファのご自分の席へと腰をしずめた。それに呼吸を合わせるように、背後でシュポッと缶ビールの栓を抜く音がして、泰淳さんの手に缶ビールがわたされ、私の前にも一個が置かれた。

ぎごちなく自己紹介をし、連載小説「富士」の担当になった旨を伝えると、泰淳さんはなぜか愉快そうにうなずきながら声を立てて笑われた。その笑い声に応じるかのような、アコーディオンカーテンの内側にいる百合子さんの小さく笑うけはいが伝わった。阿吽《あうん》の呼吸……という言葉がふと私の頭の中で浮き沈みした。

その日、「富士」というタイトルだけは決まっているものの、その小説の内容については見当もつかなかった作品について、私は自分なりの富士山への思いを性急に喋りはじめていた。私はめずらしく饒舌《じょうぜつ》だった気がするが、それはやはり泰淳さんと百合子さんご夫婦の阿吽の呼吸による手品に乗せられての興奮状態ではなかったかというのが、今にしての思い返しだ。

造型美の象徴のような富士山は盲人にとってどういう存在なんでしょうか……などと、冷汗とともに思い出すセリフを二十九歳の編集者たる私から向けられても、泰淳さんは無視することなく私のレベルに降りて相槌を打ってくれた。私が、カバンから国枝史郎《くにえだしろう》の『神州纐纈城《こうけつじょう》』を取り出すと、泰淳さんはさっと受け取って「これ、安岡（章太郎）さんにも読んだ方がいいって言われたんだ」と言ってさっと手もとに引きよせ、ホ、ホ、ホと笑われた。その表情を見て、『神州纐纈城』の中に、天然の美の象徴たる富士山を映す湖の水面下にある、天然の顔を人工の美に変貌させる行為にいそしむ湖底の秘所が登場するのですが……と自分なりに考え資料を持参した私は、ひそかに編集者としてのしたり顔を浮かべたりしていたはずだが、これも泰淳さんの掌《たなごころ》の内で若僧がサービス満点に遊ばされたというのが正味のけしき。そんな時の経緯の中で、百合子さんはときどきアコーディオンの内側のキッチンでつくったビールのツマミを無雑作に出したり、しばしソファに坐って話に合の手を入れたり、そんなとき私は、またもや泰淳さんと百合子さんご夫婦の阿吽の呼吸による手品の見物人となっているのを感じたものだった——。

私は、文壇の重鎮であり比類ない知識人でもあるというイメージを抱いておずおずと武田家の呼鈴を押したのだったが、帰りには泰淳さんと百合子さんの手品と缶ビールによる心地よい酩酊気分になっていた。あのとき、編集長が遅れて缶ビールの宴に参加したか否かについての記憶は今やおぼろげだが、帰りぎわにあらためて「武田」と苗字だけ記した表札とその下にぶら下がった木片の文字をふり返り、稚《おさ》なさをあらわしたこの字はおそらく百合子さんの字であろうと確信した記憶は、くっきりと残っているのである。

「富士」の連載は予定より大幅に遅れてスタートしたが、武田泰淳の長篇作品としてはめずらしくスムーズに、一度の休載もなく完結した。「富士」はたしか文壇の賞においては無冠だったが、武田文学を代表する大傑作という評価を得た。

そして、初訪問から七年後に、武田泰淳さんが世を去った。

通夜の日、私は『海』の三代目編集長塙嘉彦や同僚の安原顯ら編集部員とともに、通夜の手伝いのためすでに通い馴れた赤坂コーポラスの武田家へ向かった。木製の鎧戸と「武田」の表札はそのままだったが、訪問者に向けた文字の書かれた木片があったか否かの記憶はあいまいだ。

通夜には、武田泰淳さんの友人であった大物作家や学者あるいは往年の担当者が次々と弔問にやって来ていた。私と安原顯は、ソファのある一階の応接間から二階の和室へ行って、焼香を終えた各社の編集者の酒の相手をするよう塙編集長に指示された。そして彼自身は、焼香の場で弔問客の応対をするため下の部屋へ降りて行った。

安原顯や私がいた二階は、比較的若い編集者の席となっていたが、時おり、往年の名編集者として名高い人や、作家の葬儀には必ず役をこなすベテラン編集者などが、後輩編集者をねぎらいに上がって来たりもしていた。何時になったのかも分からぬまま時がすぎ、誰が来て誰が帰ったかもつかめぬまま人と人が入れ替り、きわめて武田泰淳さんの通夜らしいざっくばらんな賑わいがつづいていた。

「あのね、新しい未亡人はモテるのよ」

一度だけ、百合子さんが二階へ顔を出し、そんなことを言って皆を笑わせ、すいと階下へ降りて行った。通夜の賑わいをかもし出す渦の中心には、やはり百合子さんの太陽のごとく明るくふるまうエネルギーがあるらしい……そんなことを漠然と思っているところへ、二階の部屋の入口から顔をのぞかせた塙編集長が、私をかるく手招き、階段の方へ来るよううながした。

塙編集長は、興奮を抑えながら「耳よりの話なんだけど」と声をひそめた。百合子さんが河口湖の山荘で書き貯めたかなりの分量の日記があるそうで、その一部を『海』の武田泰淳追悼号に掲載することを承諾してくれそうな感じだから、「今すぐ下へ行って正式に依頼してくれない？　百合子さんは下で待ってるから」と言った。

塙編集長と私は、亡くなる一週間ほど前に、武田泰淳さんを赤坂コーポラスから病院へ運ぶ役をやった。その日の朝、百合子さんから中央公論社の嶋中鵬二社長に「会社から、病院へ運ぶ人手を貸してほしい」と電話があり、社長はさし向ける人手として『海』編集長の塙嘉彦と「富士」の担当編集者である私を選んだのだった。この一事から、私などには想像できぬ武田泰淳さんと嶋中鵬二社長の間にある濃い縁が想像できるのだが、百合子さんはその縁に沿って嶋中社長に連絡をしたのだろう。

百合子さんが山荘での日記の『海』への掲載を承諾してくれるについてはそんな背景があったはずだ。塙編集長がその直接の依頼の役を私に与えてくれたのは、創刊から編集部に籍をおいている私を立ててくれたということだろう。しかし、私は塙編集長の気遣いを察しながらも、通夜の場で原稿依頼をするのはどうかと思う……と首をふっていた。塙編集長は不可解な表情を浮かべたあと、「じゃ、ボクが正式に申し込んでくるから」と言って階下へ降りて行った。

取り残されたような気分で階段の途中に立ちつくしていると、塙編集長と入れ替るように階段を上がって来た百合子さんが、私の肩をポンと叩き、「ムラマツさん、勇気ないのね」とささやくように言って私のよこを器用にすり抜け、スイと階段を上がって行った。そのとき百合子さんは、あの瞬時にいくつもの色に切りかわる眸を、一瞬だけ私に向けていた――。

武田泰淳追悼号に一部を掲載したあと、「富士日記」は『海』に連載され、文章家としての武田百合子は大きな評価を得た。最初は武田泰淳という類稀《たぐいまれ》な夫の影響と見られもしたが、やがてその個性的な天賦の才能が、真っ正面から受け止められ、詩魂をはらむ比類ない文章家としての定評を得ていった――。

今や、武田百合子さんがこの世を去って二十六年がすぎているのだが、その間に出版や編集の企画において〝武田百合子ブーム〟のようなものが周期的に巻き起っている。これは、武田泰淳という偉大な存在から、文章家武田百合子が独立してゆく証しともいえる現象ではなかろうか。

そして、私の中には、赤坂コーポラスをおとずれるたびに出会った、不安と怯えと人見知りが交錯するあの謎めいた眸と、武田泰淳さんの通夜の日の階段の途中で「ムラマツさん、勇気ないのね」と私の肩をポンと叩きながらささやかれた暗示的な言葉が、「富士日記」の発端とからんで今も瑞々しく脈打っているのである。

（むらまつ・ともみ　作家）

第三章　『富士日記』を読む

一　解説・帯文

文庫版『富士日記』解説

水上　勉

　まことに、すがすがしく、心あつく、簡にして深い、日々の記録である。読みだすとやめられなくなって、読んでゆくうちに、武田泰淳という作家の大きさと人間性にふれるよろこびもあるが、夫人のやさしさ、おかしさ、かなしみなどといったものも迫って、だんだん身が洗われてくる、そんな思いだった。一枚一枚、頁をめくって、一枚にかならず三、四ヶ所はある夫人の不思議で、しかも正確明晰な事物へと視線、短かい述懐のことばが、心に一枚一枚たまってゆく、そんな思いだった。一ども訪れたことのない山荘のはずだが、私は勝手に、その間取りや、玄関にいたるアプローチや、家をめぐる近所の林のありよう、ご夫妻が丹精される花樹の植わっている場所などまで想像できたし、時には、のこのこと玄関を入って、居間にすわりこみ、台所から煙だって匂う干魚の脂香だとか、ご主人が好物の大根おろしをすっておられる夫人の背姿さえこの眼にとどいてくる日もあった。こんな日記にめぐりあえることはあまりない。はじめてだな、と思った。たんなる生活日誌でなくて、そこに、偉大な作家が丸腰で起居している。そうしてその家の戸はいつもあけ放たれていて、大道無門の日常である。一日一日のくらしの詳細な風景が眼に迫ったのだ。

私は武田さんを尊敬してきた。敗戦後早々、まだ世の中に物がそう出廻っていない頃に、焼酎屋のカウンターで何どかご一しょする機会もあって、お話も拝聴したのだが、糸のようにほそめられるあの笑顔の奥に、気宇が深くて、大きな仕事を考えておられた気魄のようなものが、これも勝手に心に迫ったから、畏敬の思いで遠望してきた仲間の一人である。そんな人の晩年に近い十三年間の、詳細な日常が、ここに具現している。ひきずりこまれるのも当然だけれど、だんだん書き手である夫人の、あけっぴろげで、節度をもち、ご主人とともに悠々の時もあれば、また自分だけきりきりまいの多忙な時もある、そんな日々の女性にだけみえるもの、心にふれる事どもへの独自な感性のひらめきが美しい。圧倒されたといってよく、先にいったように、一枚一枚が、心にたまった。

たとえば、一家の重要な仲間だったポコは七月十八日、快晴だったが、夕方雷鳴のあった日に死ぬ。こう書かれている。

「ポコ死ぬ。六歳。庭に埋める。

もう、怖いことも、苦しいことも、水を飲みたいことも、叱られることもない。魂が空へ昇るということが、もし本当なら、早く昇って楽におなり。

前十一時半東京を出る。とても暑かった。大箱根に車をとめて一休みする。ポコは死んでいた。空が真青で。冷たい牛乳二本私飲む。主人一本。すぐ車に乗って山の家へ。涙が出っ放しだ。前がよく見えなかった。

ポコを埋めてから、大岡さんへ本を届けに行く。さっき犬が死んだと言うと、奥様は御自分のハタゴを貸して下さった」

百合子夫人は、木や花や虫の生態を見るのが好きである。こんな具合だ。

「朝、陽があたってくると、いままで雨の中をどうしていたのか、黒い揚羽が五羽もきて、つくばねあさがおの花のラッパの中に体ごとつっこんで蜜を吸っている。はばたきが弱い。天気がよいので、色々なものを干す。主人は歯ブラシとコップを持ってきて干している。そのそばで自分もじっと眼をつぶって坐っている。タマもそのそばで眼をつぶっている。午後、主人、シャワーを浴びて洗髪。つづけて体も洗おうとすると、あんまり洗うと頭がわるくなるといって断わられる。夕方、タマ連れて遠くまで散歩。タマ飛ぶようにしてついて来る。夜になって小雨。すぐ上る。百合の匂いが庭に出ると一杯。来年は百合の球根を沢山植えたい。来年も二人とも元気で山にきたい」

下巻後半にいたって武田さんの容態がだんだん香しくなくなってくる。たべものも変ってくる。朝は、おかゆ一ぜん、かます干物一枚、キャベツ糠漬、かつぶし、すまし汁はかつおだし、半ぺん半分となる。医者から禁じられている、好物のかんビールを武田さんは呑みたい、とおっしゃる。

「花子と私相手に『かんビールをポンと……』をくり返し、手つきをし、ねだる。ダメと言うと『それでは、つめたいおつゆを下さい』と言う。花子『ずるいわねえ。それもやっぱりかんビールのことよ』と笑う。それからまた『かんビールを下さい。別に怪しい者ではございません』と、おかしそうに笑い乍ら言う。私と花子が笑うと、するとまた一緒になって笑う」

このあと、次のように文章はつづいて終るのだ。

「そのあと、薬（殆んど消化剤とビタミンC）をのんで、せいせいしたように眠りに入った。私と花子、起きて明朝を待つ。向いの丘の新築のマンションに、いつまで経っても灯りが煌々とついている部屋が二つあって、部屋の中の椅子や道具まではっきり見えている。人が立ったり歩いたりするのも見える。眠くなりそうになると、その部屋をみつめて夜が明けるのを待った。夜中ずっと雨が降って、風もつよくなった。朝になると風はやんで、小ぶりの雨だけになった」

百合子夫人ご自身が上巻冒頭で書いておられるように、日記は人に読まれることを意識されてのこされていたものではない。ご一家の思い出記録として、聖書のような表紙の一冊に書きこまれていたものを、あとで書きうつされたのである。それにしても、天性の文章家の才気と感性が、このひきうつしの行間の各所で緊張し、充満し、破裂している。日記はおのずから、武田泰淳とともに、思索し行動する主人の精神史としてたかまり、また、日常の具象の記録をも果すのである。希有の文章だといったのはここのところであって、島尾敏雄さんが、推薦の文中に「発想と感受と表現のあいだに絶妙なハーモニーが感じられた」あるいは「森羅万象や世事万端を貫き通して、まっすぐ物や事の本質を衝くあの勢いはどこから生れてきたのだろう」と驚かれているのに、私は納得し同感する。

きめこまかく、読んでいくと、ポコの死だけでなく、友人、知己の死が何げない一行にさしはさまれることが少なくない。また、季節のうつろいの中で、死んでゆき、生れてくる花や虫やのことも同じ行数をもらって、記録されているのである。諸行の無常であることを、武田さんはいつもいっておられた（そういえば三島由紀夫氏への追悼文もそれが末尾の四字だった）。偉大な思索家のもとで、ともにくらし生きてゆくということは、何かの感化や、同化がつちかわれてゆくのだろう、とも思い、また、そうばかりでなく、夫人には夫人の天性がある。武田さんにもなかった、度胸のよさのようなものもあったのではないか、という思いがつよい。それは、女性である百合子夫人だけのものである。文章が魅きつける力の大半はそこにあるといわねばならない。さきに発表され、世評も高かった『目まいのする散歩』では、私も愛読というより熟読玩味したが、明治神宮の境内の夜を、焼きするめを喰いながら歩いてゆかれるご夫婦の、あの闇のなかの光景に、私は深い感動をもった一人である。そういえば、この作品が、百合子夫人の口述筆記で完成されていることと考えあわせると、『富士日記』にちりばめられている夫人の正確に、やさしく、事物を見る力が、かさねあわさる。私たちは、武田さんの死後、「うまれかわり」のようにも思える、もうひとりの文章家の出現に驚嘆し、かついま、心を打たれる以外にないのである。この日記が、たくまざる文芸として不滅であることを、こんど通読してあらためて感じた。

（みずかみ・つとむ　作家）

〔初出　『富士日記（下）』一九八一年四月、中公文庫〕

「富士日記」によせて

中村真一郎

武田百合子さんは長い間の私たち夫婦のごく親しい友人であり、私に対する独特な深い理解者であった。だから、彼女の生涯の末年に、私たち皆が死んだあとまで元気に生き残って、彼女特有の奇抜な角度から、私などの私自身にも見えない面を、鋭く、そうしてユーモワをもって、スケッチしてくれる回想記を書き残してくれるだろうと——私自身は、もうその時は、残念ながら読むことができないわけだが——大いに愉しみにしていたものだった。

酔っぱらったり、しらふの時でも、彼女が不意に私の人格や性格について批評する、無邪気なような、無遠慮のような意見の断片は、いつも私の意表をついていて、私の自己発見の契機になり、その表現が奇警なだけに、こちらは様々な推測や解釈や妄想を、その発言を思い出すたびに繰り返して、迷路のなかを徨《さまよ》う思いをし、それがいつも私に暖かく、人生と和解する結果を導き出してくれるのだった。

だから、彼女が未亡人となって間もなくから、わが家であるだけのビールを飲みほしながら夜明しする習慣ができ上った時、私は彼女が女優の加藤治子さんや、私の家内やときりなくお喋りするのを聞きながら、まことに愉しい時間を過すことができたし、時には急に思いたって四人で、深夜の東京の街を、吉祥寺の、これも独身となっていた埴谷雄高家へ車を走らせたりしたこともあった。

それにしても、よくあんなに大笑いしながら喋ることが後から後から出てきたものだ。

それが近年、急に元気がなくなって、足が遠ざかるようになり、どうやら禁酒気味だと電話で知らされて心細くなっているうちに、お嬢さんの花さんからの電話で、緊急入院したと知らされ、夫婦で駆けつけると、埴谷君が待っていて、花さんの案内で病室に入れられた。

そして個室のほの暗い片隅に、ひと廻り大きくなったような、むくんだ顔の輪郭が眼に入った瞬間、直ぐ私は眼を外らし、「百合子さん、ぼくは今のあなたを見ませんでしたよ」と心のなかで言いながら、強情に視線を脇に外らしていた。花さんの例外的な配慮は大変ありがたかったが、私は百合子さんから「見ないでね」と、叱られたような気がしたのだった。私は百合子さんには、いつも賑やかに、潑剌としていてほしかったのだったし、そうして、先に世を去っていた泰淳さんも同じ思いだろうと、確信したからだった。

埴谷君を連れて、神宮前のわが家へ戻ると、直ぐ治子さんのところに連絡したが、摑まらない。そこで私は以前、百合子さんと私たち夫婦が治子さんの招きを受けて保養に出掛けた伊豆の修善寺の温泉宿を思い出し、いきなりその宿に電話を入れて、忽ち秘密に休養中の治子さんを捉えることができた。

それにしても、「私、武田が死んだあとで、中村さんに会うと、武田の代りに中村さんが死んでくれたらよかったのにと、思ったものよ」と、私の家内に向って、けろりとして言っていた百合子さんが、私より先に逝くだろうとは、一度も予想したこともなかったから、もう茫然としてしまった。あんなに母親思いの花さんが日夜、そばについていて、それでも駄目な時は仕方ないのだと考えると、私は死んでゆく百合子さんとそれを引きとめようとする花さんと何をどうすることもできない私自身の悲しみが、ひとつに絡まり合って胸に押し寄せて来るのが感じられて、すっかり参ってしまった。

それにしても長いつき合いだった。思い返してみると、少し照れたような顔で泰淳さんから、いきなり百合子さんと結婚しようと思うと打ち明けられ、そして夫婦生活における女性の生理的方面について、思いもかけない空想的な質問を受けて、私は彼が僧侶らしい色欲感の所有者なのだなと気付き、あの戦後の性の解放の怒濤のような社会的風潮のなかで、何という時代離れのした人物かと、拍子抜けした覚えがある。

何しろ同じ仲間の熱烈な戦闘的プロテスタントの椎名麟三の、私をいつも相棒にした、無頼ともいうべき性の領域の極限的冒険が一方にあったのだから、尚更、泰淳さんの仏教徒としての教義的ともいうべき、惧れをふくんだ倫理的厳しさは異常だった。近代日本の僧侶の妻帯については否定的であったし、又、生命の自然の推移をさまたげようとする西洋医学の治療にも批判的で、歯が抜けてもみだりに入歯をしようとせず、年下の私が先に入歯をして、「自由にトンカツが食えるようになった」と誇示すると、ようやく動揺の色が顔に現れるといった具合だった。

話を元へ戻すと、とにかく、酒場らんぼお勤めの百合子さんと、泰淳さんが家庭を作ろうと私に打ち明けたというのは、既に、戦後派作家たちのたまり場だったその酒場に、私も出入りしていて、百合子さんと口をきき合う仲になっていた、ということだろう。

その後の百合子さんは、専ら泰淳夫人として、赤坂の新居の中国風に飾りたてた部屋で、私たち戦後派作家の「あさって会」の例会が毎月催される時、あの朱塗りの台所から出たり入ったりして、要領よく料理を出したり、酒の仲間入りをしたりした。

その百合子さんが独立した人格として、私に見えてきたのは、多分、『富士日記』を最初に読んだ時だったろう。そこには思いもかけない奔放極まる、生れたままのような魂が、貴重な作家泰淳を守るために細心な配慮をしている、世故にたけた細君と同居している、という稀有な存在があった。

私は専門の作家のような観察力と表現力とのある、その才筆にも感心したが、同時にあの日記に精しく記されている日常の食事の簡素ながらもヴァラエティーに富む豊かさに、すっかり羨ましくなった。そうして、百合子さんがどういう育ちの間に、あのように食卓を愉しくさせる技術を獲得したのかと、不思議に思った。戦中戦後の物のない時代で、日本の家庭は、食事に品数を並べる習慣を忘れてしまった筈なのである。

特に少年時代から孤児暮しの私と、家出娘同様のわが細君とによるわが家の食事は、学生結婚同様の単純を通りこして粗末に近く、店屋物や惣菜屋の一、二品で間に合せて、夫婦ともそれを当り前と思って来たから、山暮しの武田家の食事の「豪華さ」に私たち夫婦は圧倒された。

それで早速、その感想を百合子さんに告げると、あの本を読んだある編集者が、「武田家は随分、質素な食事をしてるんですねえ」と驚いていたとのことで、世の中の上下の隔ての大きさを、改めて思い知らされたものだった。考えてみれば、組合の強い大出版社の編集者の給料に比べて、取材や資料や古本集めに限りなく金が出て行くのに、原稿料は一向に上らず、しかもベスト・セラーを書く才覚もなく、ひとり自らを高くして、前借に次ぐ前借で辛うじて食いつないでいた当時の私に、食卓へまで気の廻る余裕のなかったのは当然で、百合子さんの才能には感心したものの、わが家の方はやがて細君は、私の糖尿病の発見によって、毎日、亭主の食事のカロリー計算に忙殺されるという看護婦並みの過酷な強制労働に従事しなければならなくなって行く。

ところで、今回、この「全作品」の第一巻の巻末に文章を書くようにというので、その『富士日記』(上)の校正刷を読み直してみはじめた。

それは、一九六四年、六五年の分で、私の年譜に照し合せてみると、私の四十六歳から四十七歳にかけてである。そうして私はこの二年を、続けて外国旅行に費やしている。

六四年にはシェイクスピア四百年祭で、ヨーロッパじゅうを芝居を観てまわり、その一行のひとりだった先代市川團十郎が帰国後、間もなく癌で亡くなったことが、百合子さんの記事中にも出てくる。

六五年にはモスクワの日ソ作家シンポジウムに参加し、議長席に坐り、エレンブルグやエフトゥーシェンコと親しくなったり、帰途、ミュンヘンのホテルで某国の諜報機関に接触されたり、パリで別の某国の秘密機関に多分、人違いで誘拐されそうになったりした経験を、帰国直後の武田家の「あさって会」で報告し、百合子さんから「ゼロ・ゼロ・セブンみたいね」と、言われたのを覚えているが、日本を留守がちだった私の名前は一度も、この日記には登場しない。

その代り梅崎春生君の酔態の記事の直ぐ後に、彼の急死の知らせの場面が出てくるし、又、私の二十歳以前に大いに世話になった高見順さんの告別式の記事もある。

あの前後は谷崎潤一郎も、江戸川乱歩も、次から次へと世を去った時期で、全く死神が大鉈をふるったという観があった。

それより、梅崎君の死後間もなく文学碑が坊津という、彼の最期の作品の舞台に建つことになり、「あさって会」が野間君以外全員で、除幕式に参加することになり、その際、武田夫妻について私は島津家の別邸跡へ見学に出掛けたのだが、私は庭に高く翻る丸に十文字の旧薩摩琉球王国の国旗を見上げた瞬間、地面にうつむいて激しく吐いてしまい、我ながら自分の血のなかに眠っていた維新以来の薩長への異和感の強さに驚いたものであった。それを具《つぶ》さに見ていた泰淳さんは、後年、富士山荘に私を招くに当って、壁の半面に大きな葵の紋を飾るという、悪戯めいた親切心を出してくれたのを、今、ゆくりなくも思いだした。手間閑かけていたずらをするというのも、東京育ちの子供の癖で、泰淳さんにはいつまでも、そうした東京の良家の子弟の鷹揚さが残っていて、それが百合子さんの無手勝流と絶妙な調和を作っていた。だから泰淳さんが亡くなって、その悲しみから脱出するための、数年間の百合子さんの荒行《あらぎょう》ぶりのすさまじさは、いくらユーモワまじりでもとても聞いていられなかった。それはほとんど狂人の所業、地獄降《くだ》りに似ていた。その経験をあからさまに記述した物が、今回の「全作品」に入っているだろうか。

（なかむら・しんいちろう　作家）

〔初出『武田百合子全作品　富士日記（上）』一九九四年十月、中央公論社〕

武田百合子さんの文章

中村　稔

もうじき満九十歳になる私の母は『富士日記』以来の百合子さんの作品の愛読者である。百合子さんから頂いた数通の手紙を宝物のように思っている。その最初の手紙に百合子さんは次のように書いてきて下さった。

「昨、日曜日の午後、大和芋とお菓子を頂きました。送り主のお名前を見て、あけないうちに中身がわかりました。昨夜はとろろにして頂きました。上等のアイスクリームのようでした。今日はすりおろしにメリケン粉をまぜて玉にし、けんちん汁の中へおとして頂きました。すりおろしている手が、うまく動かなくなるほど濃くて、こういう大和芋、はじめて頂きました。感激いたしました。うちの近くでは六本木の明治屋が一番青物の新しいのを売っているのですが、そこの大和芋はこんなにおいしくありません。ありがとうございました。お菓子も昨日と今日で頂いてしまいました。中に入っておりました絵葉書で、テレビや週刊誌に出てくる有名な建物が、このお菓子の店だとわかりました。

冬になります。どうぞお体お大切に。たのしくお過しなさいますことを祈っております」。

昭和五十八年十一月七日という日付である。そのしばらく前、百合子さんとお会いする機会があり、たまたま母が愛読しているとお話ししたのを憶えていて、百合子さんは母に『犬が星見た』の文庫版を贈って下さった。内表紙に署名にそえて「心から」と書かれていた。著者から著書を頂いた経験のない母はひどく感動して、お礼に何かお送りしないと、と考えた。多年知合の八百屋さんに山芋のいいのが入ったらとりわけておいてもらいたいと頼んでいた。山芋と思いついたのは『富士日記』の記事から、百合子さん一家がとろろなどをお好きだと承知していたからだろう。山芋だけでは芸がないと思ったのか、川越の老舗の菓子を添えたようである。母がそんな心づもりでいるということを、たぶん私が百合子さんに話していたのであろう。この手紙を頂戴して母は、まるで『富士日記』の一節を読むようだねえ、と述懐していた。母は永井路子さんや杉本苑子さんの新作も洩れなく読んでいるが、それは母が歴史好きだからである。百合子さんの作品が好きなのは、作品から窺われる作者の人柄を愛しているかららしい。

その年の歳末、母は百合子さんから菓子を届けて頂いた。次の手紙が添えられていた。

「黄名粉のものはお好きでしょうか。うちの近くのお菓子屋でほんの少々買いました。井上ひさしという人の小説を読んでいましたら、おれは断然長生きするぞ、と毎日、御飯に黄名粉をまぶして食べているおじさんが出てきました。それ以来、私は御飯に黄名粉をかけて食べております。ほとんど毎日そうしていますのでもうじき飽きてしまうかもしれませんが。

どうぞよいお年を」。

母は、こんなものを頂いてしまって、どうしたらよかろうねえ、と恐縮していた。母の世話をしている妹が、武田泰淳ご夫妻はお返しをしなければすまない性分なのよ、『犬が星見た』に手拭をお礼にあげる話があるでしょう、と言った。アルマ・アタからタシケントへの空路の機中の挿話が、次のとおり記されている。

「軍人の席からは、主人の一挙手一投足がすっかり見えるらしい。食事のとき、ひじ掛けにはめこむ折畳み机がうまく取り付けられないでいると、席を立ってきて取り付けてくれようとする。煙草をとり出すと、ライターを握った手をさっとのばしてきて、火までつけてくれようとする。そのうちに、いつのまにか主人の似顔絵を描いて『やる』という。うまくもまずくもない普通の絵。自分の似顔絵を手に持たされてしまった主人は『百合子。ほら。はやく。何かないか。お礼。お礼』と私を急きたてる。手提鞄から手拭を出す。主人、ひったくって手拭をあげる。しばらくすると、また似顔絵を描き上げて『やる』という。軍人は自分の鼻を指して似顔絵の鼻を指す。今度は自画像だった。もらう」。

昭和二十一年から昭和二十七年までの間十七冊だけ刊行された「世代」という雑誌があった。その中心人物の一人であった矢牧一宏は昭和五十七年死んだが、その遺稿追悼文集『脱毛の秋』に百合子さんは「思い出すこと」という文章を寄せている。これに、「世代の同人に加わることになった八木（柊一郎）さんにつれられて行ったのが、矢牧さんと知り合いになるはじまりだけれど、はじめて会ったのがどこでだったか、どんな風だったか、忘れてしまった。ただ、すぐ、ずっと前からの友達のように親しくなったように思う。二階座敷に世代の仲間の人たちがきていることもあって、次第にその人たちとも知り合いになった。世代編集部が使っている駿河台の目黒書店の小部屋にも遊びに行った。世代の人たちが夢中になってしている政治や芸術の話を、みんなマセていて頭がいいんだなあ、と聞いていることもあった」、と書かれている。昭和二十一、二年頃のことだろう。その会合には先日死んだ吉行淳之介もかなりに傍観者的な姿勢で加わっていたはずである。私は「世代」の創刊当時からふかくかかわっていたから、私が百合子さんと知り合ったのもその頃だということになる。私の母は百合子さんの手紙が『富士日記』中の文章と同じだというが、百合子さんの話がまるでその文章そのままであった。私たちがいま『富士日記』以来の作品に魅了されているのと同じく、私たちは四十年以上も前に、百合子さんの会話に魅了されていたのである。それは無垢な精神が無意識に剔出する物事の核心であったり、およそ虚飾と無縁な率直な関心や感動であったり、さまざまな戦後の思想的社会的混乱の中で右往左往していた私たちを憫笑《びんしょう》するような、確かな生活人の眼差であったりしたのだが、それがそのまま文章になったのが『富士日記』以降の作品であった。百合子さんのばあい、話し言葉がそのまま手紙になり、作品になった。

三好達治さんの何回忌かの法要のさい、井伏鱒二さんが三好さんを偲んで、三好さんと一緒に河上徹太郎さんの岩国の生家を訪ねたときの思い出をお話しになるのをお聞きしたことがある。一、二年後、私がお聞きしたことがそのまま文章になって発表されたのを見て驚嘆したが、百合子さんの文章にも同じような趣きがあった。そういえば『富士日記』中でも百合子さんは毎年のように八月になると『黒い雨』を読んだり、井伏さんの全集を山小屋に運んだことなども記されているから、共感するところがあったのだろうが、文章だけを読めば、二人が二人共、彫琢をきわめ、推敲しぬいたかの感がある。たとえば、昭和四十二年七月、愛犬ポコの死にかかわる記事は『富士日記』中でも最も心をうつ個所のひとつだが、七月二十日、次の文章がある。

「埋める穴は主人が掘ってくれた。とうちゃんが、あんなに早く、あんなに深い穴を掘った。穴のそばにぺったり坐って私は犬を抱いて、げえっというほど大声で泣いた。泣けるだけ永く泣いた。それからタオルにくるんで、それから犬がいつもねていた毛布にくるんで、穴の底に入れようとしたら『止せ。なかなか腐らないぞ。じかに入れてやれ』と主人は言った。だからポコをじかに穴の中に入れてやった。ふさふさした首のまわりの毛や、ビー玉の眼の上に土をかけて、それから、どんどん土をかけて、かたく踏んでやったのだ」。こういう文章がただ天性の素質だけで書けるはずがない。推敲したにせよ、しなかったにせよ、自己をよほど確かに見る眼と表現する力が身についていたのだろう。そういう意味で百合子さんは天性の文学者であった。

『富士日記』は叙事詩として読むことができる。はじめて山荘を建て、少しずつ手入れしていく生き生きした時期、大岡昇平さん夫妻や土地の人々との暖くこまやかな交情を経て、武田泰淳さんの病状がしだいに重篤となり、巨木が倒れるように死を迎えて記録が終る。その間の些末な日常をつうじて、ある時代の全貌が語られているのである。しかも、『富士日記』の魅力は、病的なほど健全な生活者である作者の人柄にある。それが、たとえば私の母のような九十歳に近い老人にも愛される所以なのだし、同じ意味でそういう人柄は百合子さんの遺した文章のどれにもあらわれている。先に引用した矢牧一宏の遺稿追悼文集『脱毛の秋』中の「思い出すこと」にこんな一節がある。

「武田と結婚して天沼に引越したら、矢牧さんの家が思いがけない近さだった。生け垣の続く狭い横道を走って、よく金槌や電話を借りに行った。私が出先から戻ると二階から笑い声がしている。矢牧さんと武田がぶどう酒割り焼酎を飲んで、留置場の話なんかしているのだった。

娘が生れたら、早速見にやってきた。赤ん坊の枕元に、とんび足をしてぼんやりと坐っている私を、つくづくと眺めたあげくに苦笑し、『君はもうダメになったね』と、にべもなく言ったので、私は顔のまん中をいきなりぶたれたようで、実にくやしく思った」。

矢牧一宏の挙止風貌と物言いが髣髴《ほうふつ》とし、それだけでも私には懐しさがこみあげてくるのだが、矢牧を知らない読者にとっても、右の引用だけからでも、まだ二十代の百合子さんの生活とずっしりと重い存在感が迫ってくるのではなかろうか。同じ「世代」の初代の編集長であった遠藤麟一朗の遺稿追悼文集『墓一つづつたまはれと言へ』にも百合子さんは「思い出」と題する文章を寄せている。これも引用したいが、もう余裕がない。百合子さんの生前本に収められなかったこれらの文章はまだ他にも数多いはずである。私はそれらが他日集められ、刊行されることを期待している。どの文章の隅々にも、武田百合子という人柄がにじみでており、その人柄が読者をとらえて忘れがたい感銘を与えるにちがいない。

それにしても百合子さんの早すぎる死は口惜しいことである。きっと黄名粉かけ御飯にもじきに飽きてしまったのであろう。

（なかむら・みのる　詩人）

〔初出『武田百合子全作品　富士日記（中）』一九九四年十一月、中央公論社〕

アプレ・ガールとしての百合子さん

いいだもも

年譜ふうにいいますと、
一九六四（昭和三九）年　三九歳
八月、山梨県南都留郡鳴沢村富士桜高原に山荘が完成。以後、週の半分をここで過ごす。

この山荘が、百合子さんの『富士日記』の舞台となります。その前に、泰淳さんの『富士』が孕まれた舞台でもある。

共に戦後文学の名作ですが、富士桜高原のその場所は、それらが書かれた書斎でもあれば、作品そのものの書き割りでもあれば、書く対象としての題材自体であった、ということになります。窪地のすり鉢の底のようなところに建ったあの（不動産屋のキャッチフレーズ式にいえば）「富士山荘」からは、どだい富士なんかどこにも見えない。共にフィクション中のフィクションとしての名作です。

一九七七（昭和五二）年　五二歳

『富士日記』を中央公論社より刊行（田村俊子賞受賞）。

作品の印象は「晩熟」といった感じは全くなく、初々しく新鮮なものですが、晩くなってからの作家的出発であったこと自体はまちがいない。武田泰淳死後の発表作品で、したがって泰淳はこの伴侶の名作は読んでいないわけです。

小学唱歌式にいえば「富士は日本一の山」で、変化百態――葛飾北斎描く「赤富士」のような怪異な色で屹立することもあれば、富士には月見草が似合うような風情もありましょうが、大富士と格闘してその心象風景を形象化した文学作品としては、先に白井喬二の『富士に立つ影』、国枝史郎『神州纐纈城』があり、戦後に武田夫妻の『富士』『富士日記』あり、ということになるでしょう。

以前、町の銭湯の風呂場を一杯に領していたペンキ絵の富士山、必ず縁起物のように緑の松の木と紅い朝日が配されていた、あれ――「日本一の富士」を描くとなれば、どうしてもああいう空疎凡庸なペンキ絵風にならざるをえないところがありますから、作者としての北斎や喬二、泰淳・百合子の苦心は並大抵のことではなかったでしょうが、みごとな出来栄えになっています。富士に負けていない。見えない富士を見ている。

近代日本の大衆小説、というよりは本人のつもりでは「大乗」小説の開拓者となった白井喬二の大長篇『富士に立つ影』などは、こんにちではもはや読者などはいなくなっているのかもしれませんが、それが造型した熊木公太郎という主人公は、自然主義以来の近代日本文学ではきわめて珍しい「肯定的人物像」として、たとえばドストイエフスキーが最後の大長篇『カラマーゾフの兄弟』においてやはりそのような肯定的人物像として描き出そうと試みたアリョーシャなどと同じく、わたしなどにとっては忘れがたい作中人物です。

悪魔的筆力をもつドストイエフスキーの場合には、かれ自身の念願と祈念にもかかわらず「肯定的人物像」の造型は、失敗に次ぐ失敗で、最後のアリョーシャのごときも、活力にあふれたカラマーゾフの兄弟のなかでは一番影の薄いお人好しの末子《バッチ》にしかみえないわけで、もうひとり、有名なムイシュキン公爵のような無垢な主人公なども、最後はイディオト（白痴）として精神病院の廃人として収容される運命になるわけです。

熊木公太郎も、天の配剤を映し取る人事の工夫の妙というか、悪の化身ともいうべき熊木伯典なる大ペテン師の長男として生まれたことになっている。「富士」というのはおそらく順逆不二の法門なのでしょう。

そうした業の深い人間の回転装置《トゥルニケ》に着目してみれば、人間を「神の餌」と見立てて書き始められた武田泰淳の傑作『富士』の主人公である「一条実見」という元精神医学生の偽宮様なども、まさにかつて富士の裾野を濶歩した熊木公太郎が現代に現われて富士の精神病院に幽閉されるにいたった後身であるのかもしれない。まるで舞台の人物のように、「いやな匂いがする。下賤のやからの。いやな匂いがする」という台詞《せりふ》を吐きながら颯爽と登場する一条実見青年は、大富士を背景に等身大ながらに颯爽と登場した熊木公太郎青年をほうふつとさせる。

この『富士』の口述筆記を受け持っているうちに、百合子さんは『富士日記』を書く文体を会得したのだろう、というのが、『富士日記』の、世間から見れば突然のデビューの当時における、ある詩人批評家の賞めたつもりのコメントでした。

事が出てきてからの後からの故事《こじつ》付けというものは、いつもこうしたたぐいのもので、たしかに『富士日記』は雑誌『海』の「武田泰淳追悼号」を思いがけず飾った

「未亡人」の処女作品ですから、その前年に武田泰淳さんが亡くなられていたことが、百合子さんが作家として世に出る精神上の、そしておそらくは生活上の転機となったこと自体はまちがいないところでしょうが、『富士日記』には「神の餌」のあの毒も、絶対的無力感もない。「日記」という形式にふさわしく、そこにあるのは瑞々しい流露感にみちた無垢な日常的肯定感にほかなりません。

　神の餌としての人間の回転装置は、逆廻りにもいくらでも辿れるわけで、無意識のマッチョイズムに囚われている文芸批評家にとってはいざ知らず、武田夫妻が尋常に愛しあった夫妻《カップル》であった以上、百合子に泰淳の影響があったとすれば、泰淳にも百合子の逆影響があったろうとするのが、自明尋常な見方でしょう。そのことを指摘したのが、泰淳さんの旧左翼仲間でありニヒル・デカダン仲間でもある埴谷雄高さんです。泰淳の死後、『目まいのする散歩』の野間賞授賞記念式典での挨拶の一節でした——

「武田泰淳君の口述と百合子さんの筆記のあいだにドラマがあると私は申しましたけれども、ほんとうを言えば武田君のドラマは、勿論筆記しているときばかりでなく、百合子さんと生活をしていたとき全体にあったのであります。私を知り始めたころの武田泰淳は、否定的なニヒリズムを片手に抱えて、幾つもの傑作をいろいろ書きました。それが、その否定的なニヒリズムがだんだん小さな部分になって、次第に大きな武田泰淳的世界、武田泰淳的宇宙のなかへ包含されるようになってしまいました。それは、一種独特な全的肯定者であるところの百合子さんがそばに絶えずいたことから生じた変化だと私は思います。」

では、武田百合子さんは富士に立つ熊木公子さんか？

戦後文学と戦後思想の出発を記録する場合には欠かすことのできない神田神保町のカストリ・バー「ランボオ」を、千客万来のサロンに化した魅力《シャルム》の源泉は、まだ鈴木という姓であった時代の美少女のウェイトレス百合子さんですが、そこに通いつめた武田泰淳さんの作品に『物啖ふ女』というのがあります。今の文庫本では『物食う女』となっているようですが、元の「啖《くら》ふ」の方がいい。とにかく、「女」はハングリー精神でパクパク、パクパク、神経衰弱的左翼くずれ文士を驚嘆させるほどに、よくクラフのです、大きな声の、食欲がほとばしり出るエネルギー放射の塊なのです、「物語の女」百合子は。それが次作の『未来の淫女』へとつながってゆきます。

当時、「ランボオ」の用心棒格をつとめていた矢牧一宏（これも戦後出版界の伝説的人物でした）やわたしは、現場経験者として内側から熟知していますが、いつも腹をすかせていた焼け出されの百合子さんが、新進文士の泰淳さんにいつもねだって食べさせてもらっていた啖フモノは、チョコレート・パフェでした。もちろん今とちがって当時のチョコレート・パフェは高価な、珍しい嗜好品でしたが、実は戦後、百合子とその弟鈴木修、後の劇作家の八木柊一郎、わたし、そして矢牧一宏の「アプレ」不良青年・不良少女グループは、矢牧の伯父さんが旧海軍の隠匿物資の砂糖を原料として作っていた粒チョコを、首都近辺の菓子屋に行商してまわることで、焼跡の生計を立てていました。それもやがてかんじんな原料が無くなって（戦後の当時は砂糖は最高の貴重品でした）行商からあぶれてしまった百合子さんが、森谷均社長の昭森社に「編集者」というふれこみで勤めに出て、「日本のバルザック」こと森谷社長の「業務命令」で昭森社の一階にあったバー「ランボオ」に夜な夜な現われる、という美談ないし怪談になったわけです。商売の種《ネタ》＝売り物には手をつけないということで、わたしたちは粒チョコはじっとガマンしてツバをのみこんで毎日行商に歩いていたわけですから、その反動の分だけ、百合子さんの場合はチョコレート・パフェを啖うことにバクハツしたのだろうと思います。毎晩わたしたちアプレがバクダン焼酎をくらっていたのと同じことです。

鈴木百合子さんが「未来の貞女」であったことは、武田泰淳さんとの同棲・結婚（一九四八年）後、もののみごとに証明されました。わたしは格別、「淫女」が「貞女」より下等・下品だなどとする趣味判断の持ち主ではありませんが、事の実際において百合子さんは貞女中の貞女でした。かのじょはただ、魅力ある女性の一つのタイプとして、「女は己を悦ぶ者のために容《かたち》をつくる」を地のままで行ったまでなのです。

そんなこんなで、危機の三〇年代以来の親友武田泰淳を立ち直らせ、支え、大成させた「一種独特な全的肯定者」としての百合子さん、という埴谷雄高さんの評価が出てきたわけなのでしょう。『富士』の口述筆記——あの傑作のハイライトである一条実見自決「事件」が世俗の即断とは反対に、文字通り数日後の三島由紀夫自決事件の予感・予兆として口述筆記されたものであることについては、わたしなりにその現場での『富士』評として書いたごとくです——の後に、好伴侶であったハズバンドの死をいわば機縁として『富士日記』を発表した、ユニークな自立した女性作家としての百合子さんの資質に、しばしば「天衣無縫」と絶讃される芸術性を下支えしている「一種独特な全的肯定性」があること自体は、たしかなところです。だがそれは、たとえばもう一人の百合子である宮本百合子さんの「向日性」とは、よかれあしかれどんなに異っていることか。

戦乱と栄養失調の焼跡の戦後を生きた「アプレ・ゲール（戦後世代）」には、〝アプレ〟なりのイン・モラリティーのモラルがありました。わたしの知っている鈴木百合子は、よるべなき姉弟として、中学生の修を連れていつも腹をすかせながら焼跡の京浜をうろついているニヒルそのものの少女——物哾うニヒル美少女のイメージです。早いものでもう半世紀も前の、夢か幻のようなセピア色の風景になります。

（いいだ・もも　評論家）

〔初出　『武田百合子全作品　富士日記（下）』一九九四年十二月、中央公論社〕

武田百合子『富士日記』帯文

上巻

埴谷雄高

本来文学のなかにだけいるべき人物がほかならぬこの世の現実のなかに出現するのは私達の驚きである。私は百合子さんを《女ムイシュキン》と名づけたが、その発想は、一見、並はずれて突飛で愚かしいほど奇抜でありながら、誰も思い及ばぬ数億キロの飛躍のなかで、事物の核心をすべて喝破しているのである。いわば生れながらの天性の無垢な芸術者として一瞬一瞬の生を生きつづけた百合子さん、その天衣無縫の芸術者を「発見」したことは、武田泰淳の成長史のなかでも殊に特筆すべき「発見」にほかならず、彼の後年の幅の大きさはそこにこそ由来すると私は信じている。

この日記は、思索的な文学者とその天性の芸術者の珍らしい組合せの生活の貴重な記録であるが、ただにそればかりでなく、私達の昭和期の生活を代表する質実な生活のあますところない記録ともなっていることにまた底もない幾重もの価値があるといわねばならない。

（はにや・ゆたか　作家）

下巻

島尾敏雄

武田泰淳夫人は本来の芸術家ではなかろうかと私はひそかに思っていた。その発想と感受と表現のあいだに絶妙なハーモニイが感じられたからだ。森羅万象や世事万端を貫き通して、まっすぐ物や事の本質を衝くあの勢いはどこから生まれてくるのだろう。しかも世界を拒否するのではなく、柔軟に受容して、しりぞけるものをしりぞける時の度胸がまことに美事に身にそなわっている。それはちょっと名優の舞台での所作を眺める具合いだ。だから私はなぜそれを夫人が文字に書きあらわさないのかと不思議に感じていたが、迂闊な観察に過ぎなかった。マグマは確実に移動していた。泰淳氏入寂という一大事出来の裂け目に、それは地上に噴出した。その衝撃の強いこと。

今ひとまず流れをせきとめてまとめられたこの「富士日記」には、従って無垢な表現が到る処に燃え立っている。

（しまお・としお　作家）

〔初出　『富士日記』上下　一九七七年十月・十二月、中央公論社〕

二　書評

文芸時評

大岡　信

どの文芸雑誌十二月号も武田泰淳追悼に多くのページをさいている。とりわけ、武田氏晩年の大作『富士』や、死の直前まで書き続けられた連作『目まいのする散歩』その他で縁の深かった「海」は、全体の三分の二余りをあげて氏の追悼特集にあてている。

武田氏は五年前『富士』を書きあげたあとで脳血栓にたおれ、その後はこの病気をかかえながらの徐行運転だったが、百合子夫人の口述筆記になる『目まいのする散歩』シリーズは、いわば「身を捨ててこそ」という境に徹した人だけが知る、まことに生き生きした心のさまよいによって武田文学に新局面をひらいたものだった。それは軽みに満ちていたが、一歩踏み出せば生死の行き通う異様な晦闇《かいあん》が鼻の穴まで入りこんでくるほとりでの散歩にほかならなかった。その間に、だれにも知られず別の死病が武田氏の内部をおかしていて、病院に入ったときはもはや余命旬日もなかった。「海」には『「近代文学」創刊の頃の思い出』と題して近く刊行予定の文集のために武田氏が寄稿した「『中国文学』と『近代文学』の不可思議な交流」という文章が、遺稿として掲載されている。「中国文学」「近代文学」両同人誌の参加者たちについての回想と短評である。武田氏の最も親しい友人のひとり埴谷雄高をはじめ、何人もの友人たちがユーモラスに、また辛辣《しんらつ》に論評されている。

武田氏は埴谷氏にこの原稿を渡すとき、「君の悪口を書いといたぞ」と「してやったりというふうにいった」そうだが（埴谷氏「最後の二週間」・同誌）、なるほどこの「悪口」は相当なものである。

埴谷氏が農民運動の党のフラクションとして「農民闘争」を編集し、努力奮闘したあげくに投獄されたことに対して、「この男が農民を指導しようとしたんだなあ。農民の方ははたして彼の理論がわかったのかな」と思ったという武田氏は、「もしも（埴谷氏が）『死霊』を手がける前に「生霊」の方に首をつっこんでいたら、いきなり屋根裏や宇宙の涯の方へ考えがとばないで、もう少し、田畑や大地、地球、地球人、ものを作りだす人々の、平凡でくだらないが、根強く充満する考え方が、黒一色の画面に豊かな色彩を加えることが出来たであろうに」と埴谷文学を評している。

埴谷氏がもしそうしていれば、おそらくもう一つの『富士』に似た作品を書かざるを得ず、すでにして埴谷雄高の世界ではなくなってしまうだろうが、武田氏の批評が埴谷氏の本質を衝いているという印象は鮮やかである。

その埴谷氏は「最後の二週間」で武田氏の死の前後を克明に語っている。埴谷氏は友人知己の肖像を描く名手で、そのことは新刊の『戦後の文学者たち』(構想社)でも明らかだが、この臨終記は平静正確な観察に涙の透明な膜がかかって、心にしみるドキュメントとなっている。


武田氏の遺稿と共に「海」にのっている百合子夫人の「富士日記」に感銘を受けた。七月二十三日から入院する九月二十一日まで(武田氏は十月五日死去)、二カ月間の日記である。大半は河口湖畔の山荘での夫妻の静かな日々の記録だが、夫人は武田氏の死がこれほどにも間近にせまっているとは知らずに書いていて、それだけに、一見おだやかな日々の移り行きを書きとめている文章のはしばしに、押さえても押さえきれない不安が顔をのぞかせるとき、読む者の胸はゆらぐ。
〈四時前、花子の早めの夕食、やきにぎりと佃煮　味噌汁。私と二人がたべていると「俺にもくれ」というので三人ともやきにぎりの晩ごはん。花子を送り旧登山道を上って戻る。夜は肌寒いが蚊が多くて蚊とり線香をたく。寒くなったので、蚊がうちの中へ皆入ってきてしまったのだ。こおろぎも毒虫も皆、うちの中へ入ってきてしまっている。テレビをつけると暖いので画面にじっと蠅がとまって休む。
「俺が草刈りしているとタオルの帽子に蚊が一杯とまって、そのままうちの中まで帽子について入ってくる。タオルがあったかいんだな」という。「とうちゃんは蚊に甘くみられてるんだ。お人好しなんだから。東海道（『新・東海道五十三次』）やったとき琵琶湖でみたお釈迦様のねはん図には、ありとあらゆる動物が手や口に花や草をもって集ってきたところが書いてあって、あたしはあの絵が好き。蝶々もむかでもいるんだけど、蚊もねえ、何かやっぱりくわえてやってきていたよ」と、ながながと私はしゃべくった。夜は気持よさそうに主人はね入る。やきにぎりをたべたあと、一杯うんこが出て上機嫌となった。〉（八月二十二日の分より）
　ここには『目まいのする散歩』その他、すべての武田氏の近作を口述筆記してきた妻が、おそらく知らず識らずのうちに体得した文体がある。薄氷の上で営まれる暮らしの、一日ごとの幸せ。その背後にはどんな悲哀や不安があっても、幸せの方に人は目を向けていて、その姿が胸にしみるのである。百合子夫人の描写力は、たとえば山荘の隣人大岡昇平夫妻との往来を描くときなどに、驚くほどの鮮やかさをみせている。

多くの論者の追悼文は、それぞれ誠意のこもるもので、そのこと自体武田氏の人柄をありありと反映していると感じられる。中で私が目をひらかれる思いのしたのは、寺田透の「武田泰淳の為の誄《しのびごと》」（「文芸」）の、たとえば次のような指摘だった。〈不意に結末が見舞ふ、といふより作中の一切が急に展開の可能性を失つたかのやうに、結末の来るのが武田氏の作風の特徴だつたが、その生涯の結末もそれと同じだつたといふ思ひがする。（中略）一言で言つて、武田氏の作品は、何をどう書くかよくよく考へ抜かれてゐすぎたために、かへつて尻切れとんぼになりがちだつたのではなからうか。書きすすめ、結末近くなつて不意に現れる敵の伏兵がないため、戦が続かなくなり、作品の形がととのつてゐるかどうか顧みる間もなく、いやでも筆を擱《お》かなければならなくなる。（中略）さういふところは、頭がよすぎて小説が体をなしがた

いと評判された佐藤春夫と、武田氏はよく似てゐるのではないかと思ふ。〉
寺田氏がこういう武田氏の特徴を欠点だとしているわけではないことは次の一節で明らかだろう。
〈評論は無論として、小説が、描写や叙述、情景や情況作りである以上に、思考であるといふことを、かれほど鮮明に見せた作家はおそらく他に、これまでゐないのだ。（中略）武田氏の精神は（中略）小説を書きながらいつも小説の外に飛び出さうとしてゐるたやうに見える。かれの書く評論と小説とが、どれも生き生きと飛び跳ねる勢ひを持ちつつ一枚の輝やかしい膜でつながつてゐて、要するに同質の言葉で出来てゐると思はれるのはそのせいだつたらう。〉
寺田氏は武田氏の言葉が、「いつも目醒め、自分を知つてゐる――少くとも知らうと力《つと》めつづけてゐる人間が、対象に油断のない目を配りつつ語つた、ひとを目醒めさせ、ひとをかれ自身に返す言葉だつた」と言っている。たしかに、武田氏の書いた言葉、語った言葉は、ごく自然にそういう働きをしてしまう性質のものとして発せられていたと感じられる。私は数えるほどしか武田氏と話したことがないが、現実の話し手としての武田氏の印象もまさにそうだった。そしてそういう人だったから、その人のとつぜんの不在が、このように悼まれ、論じられねばならなかったのである。

（おおおか・まこと　詩人・評論家）

〔初出『朝日新聞』一九七六年十一月二十六日夕刊〕

一家族の夢のような記録

荒川洋治

武田百合子『富士日記』上巻（中央公論社）が出た。著者は、昨年亡くなった作家武田泰淳氏の未亡人である。不二小大居百花庵日記という副題が付いているが、百花庵とは百合子さんと一人娘花さんの名にちなんだ山荘の名。一家三人（および犬のポコ）は、昭和三十九年の夏、富士山麓の山梨県鳴沢村富士桜高原に山荘をたて、この地と東京赤坂の自宅とを往復する生活をはじめた。夏の大半はここで過ごしている。『富士日記』は、この山荘で夫人がつづった「山の日記」である。上巻には昭和三十九年七月から四十二年十一月までの分が収められている。

この『富士日記』は、武田泰淳の死後「海」誌上に連載が開始されると同時に、大きな反響を呼んだ。雑誌発表の段階で（つまり単行本になるまえに）当年度の「田村俊子賞」を受賞している。いままで、夫君のかげに隠れていた「天性の詩人」が、写真にみるごとき鮮麗な容貌で、わたしたちの前にあらわれたのである。わたしは、としの二月だったか、吉岡実さんの高見順賞受賞パーティーのあと、中村真一郎氏夫妻、高見夫人ら数人の方たちと新宿で飲んだことがある（もちろんわたしは飲めないからジュース、デシタ）。わたしのとなりに、ひかえめな、それでいて目の大きくうるおった、妙齢の美しい婦人がいた。あとからわかったのだがそれが百合子夫人だったのである。狭くるしい場所だったのでわたしは夫人とからだをすりよせあって、幾時間かを過ごしていたことになる。ちょうど連載中の『富士日記』が世評をあつめだしたころである。

『富士日記』の第一の特色は、食べものに関する記述が多いことである。御夫君泰淳氏の一日の挙動を書き忘れても、一日三度の食事のことだけは実に刻明に書かれているのが、なんとも愉快である。ひとつ昭和四十一年一月二日のところをのぞいてみよう。「朝　お雑煮（今日は卵とねぎ、のり。主人の注文にて肉を入れない）、黒豆、だてまき、かまぼこ、酢だこ、昆布まき、白菜漬けもの、梅酒（甘すぎて失敗）。——昼　チャーハン（かに、卵、ねぎ、グリンピース）、とりスープ、アスパラガス缶詰。コーヒーを飲む。——夜　きつねうどん、粕漬肉を焼く。うどんは太くておいしかったが、ゆでる時間が短すぎて少し硬かった。明日のカレーを作り、米をとぐ。水が出ないから、料理は簡単なものとなり、片づけるのも簡単になる」。というふうに、食べもののメモに関して著者は、極度に、簡略化を惜しんでいるようである。すごみを感じるほどだ。「母が（いつものことだが）一番よく働いて楽しんでつかれたようだ。母は穴ほりとか、ギターをひきはじめると、一日中でもやっていて根気強い。御はんなどつくらなくなる。父は小説を書くのを一日中やっていて根気強い。私はどっちも根気がなく、人に言われるとやるというタイプ」とは、一人娘花さん（当時十二歳）の観察だが（昭和四十年三月三十一日の日記に挟まれている）、父母を見る「第三の眼」もなかなかするどい。さて食べもののことにむきになる、こういうところは育った時代とも関わっているのだろうが、著者にはそのうえにもう一つ、「夢見るひと」としての面貌がそなわっている。そのあたりがうかがえるのは、つぎのような場面だろう。四十年七月十八日（日）、この山荘にひょっこり深沢七郎氏が訪ねてくる。そのくだりを引いてみよう。

深沢さんは「ここは富士山の中ですか？　中じゃないでしょうね。やっぱり中かな。裾野が下に見えるから。一合目かしら」とそのことばかり言っている。「なかでしょ。字富士山という番地だから」と言うと、心配そうな、いやそうな面持ちをする。深沢さんの一族は富士山に登ったり、富士山のなかに入ったりすると、必ず悪いことが起こるのだそうだ。キチガイになった人とか、盲腸炎になって死んだ人とかあるそうなのだ。そのことを話して、深沢さんは飛ぶようにして帰ってしまった。そして、こんなことも言った。「富士山の見えるところに美人はいないですねえ」。いやだなあ。

夜、南條範夫のザンコク小説を花子と読み耽る。

最後の「南條範夫のザンコク小説」云々は、前を承けあるいは承けずで、著者らしいしゃれた書き振りだ。

また彼女は、よく眠っている。「私は三時ごろよりひるね。夜ごはんも知らないで、次の朝まで眠り続ける。主人、死んでしまったのかと思って、さわってみたという」(昭和四十年五月八日)。この「さわってみた」ほうのひとはいまは亡い。そのかわり、眠っていたひとのほうは、山気につつまれた一家族の夢のような記録を書きつづってくれたのである。これから二人で夢を見る若いひとたちに、この本をすすめたい。

（あらかわ・ようじ　現代詩作家）

〔初出『日刊福井』一九七七年十一月七日〕

武田さんの思い出

庄司　薫

武田泰淳さんの、今になれば「晩年」に当る数年間、毎夏ぼくは河口湖で一週間ほど過し、その間に富士山麓の武田さんの「山小屋」を訪れた。武田山荘には電話などないので、思いたったら突然風の如く襲った。

樹海の中を緩かに登る一筋の自動車道路——武田さんの「目まいのする散歩」にとって一つの明確な危険をもたらしたところの舗装道路——を気持よくすっとばし、何度通ってもあやふやな曲り角を気合とともに右に曲って二十米ほど行った左側、そこにもし古いブルーバードがお尻を向けてとまっていればそこが武田山荘で、しかも武田さんがいるしるしなのだった。

門から山荘まではかなり急な坂道がS字状に下っていて、暗い夜などにはマッチをすって足許を照らす必要があったが、ぼくは武田さんの大好きな「スパイ」にでもなったつもりでマッチをつける時間を出来るだけ短くし、忍び足で山荘に近寄って突如として居間の前のテラスに立ち現われるように努めたりしたものだった。すると、どういうわけか、ぼくが行く時には昼でも夜でも大ていテレビを見ている武田さんは、いつもぼくが予期した以上の周章狼狽ぶりをひたすらズボンを懸命にたくし上げる動作で表現しながら立上り、百合子夫人にお酒の用意を促す。ぼくもいつもあり合せのお酒を一本さげていった。

武田さんは最初の一杯を必ず自分の手で注いで下さった。ビールの時もありワインの時もコニャックの時もあったが、酒瓶を持つ手はいつも顫《ふる》えていた。最後の夏は特にその顫えが激しく、両手で握りしめた缶ビールが顫え、その顫えは缶を傾けるに従って強くなり、グラスを持つぼくの手にそのままカタカタと伝ってきた。百合子夫人が「あなた、ほらほら」と笑いながら手を添えようとしたけれど、武田さんは悠然として首を振って拒んだ。そして悪戦苦闘の結果とにかく注ぎ終ると、思いがけぬ悪戯に成功した少年のように眼鏡の奥の目をまんまるに見開いておどけてみせ、ぼくたちと一緒に笑い出した。

――ぼくの手は二十年間顫えているんだ、と武田さんは得意そうだった。

そういえばもう二十年以上も前になる、第三回中央公論新人賞授賞式の控え室でぼくが初めて武田さんに会った時、武田さんは右手にビール瓶左手に呑み干したばかりの泡の残ったグラスを持って立上りぼくにビール瓶をさし出した。おめでとう、とにかくまあ一杯……。でもパーティ開始三十分前の控え室にはまだグラスの用意がなかった。しかし武田さんは少しも騒がず悠々と自分のグラスにビールを注ぎ、ニコニコしながら一人で乾杯をし、そうしてそのあとに見せたのが忘れもしないあの目を丸く見開いた悪戯っぽい表情だったのだ。

「武田泰淳、大人物、不思議に愉快……」などと、生意気盛りのぼくはその夜の日記に書きつけた。でも、あの時武田さんの手は既に顫えていたのだろうか？

当時、この中央公論新人賞の選者は、武田さんの他に伊藤整、三島由紀夫の両氏だった（考えてみると、既に三人とも亡くなられた。感無量といわざるを得ない）。第一回受賞作が深沢七郎さんの『楢山節考』、受賞作なしの第二回をはさんで第三回がぼくの『喪失』だったのだが、この時の審査の模様はかなり印象的だったらしく、武田さんは何度も繰返して話して下さった。

——三島君が蒼くなっちゃってね、と、武田さんは面白くてたまらない悪戯っ子の表情になったものだった。伊藤さんがワルいんだ。三島君を刺激するようなことばかり言うんだな。三島君があんなにふくれたの、見たことがありません。

その時の審査の模様は座談会をそのまま収録した形で発表されたが、それを読むとどうもぼくには、三島さんを「刺激して」面白がったのは伊藤さんだけではなかったと思われる。

その冬、深沢さんの『東京のプリンスたち』の出版記念会でお会いした時も、武田さんは最初から最後までビールのグラスを離さなかった。一方、三島さんはビールを一杯呑み干すとあとはオレンジ・ジュースに切換え、オンザロックスをお代りするぼくに声をひそめる風情で、しかし実際には相当大きな声で嬉しそうに言った。

——深酒するやつにホンモノはいないぜ。

その三島さんの「囁き声」はまんまんと傍らの武田さんの耳に届いた。武田さんは胸を張ってグラスを目の上に差し上げ、それから悠然と呑み干してから何度もうなずいた。三島さんは大声で笑った。

——あなたもやっぱり書く時には呑む方ですか？

と、その武田さんに突然訊かれてうろたえたのは武田さんが亡くなられる一年前の富士山荘でのことだった。ぼくがうろたえたのは、質問自体のせいというより、そう訊ねた直後の武田さんの目に現われた或るひそやかな表情のためだった。でも武田さんはすぐ目を細くして笑って快活に言った。

――できるだけ呑まない方がいいな。そうしないと、呑めなくなっちゃう。これは大変なことです。

武田さんはそう言うと、このやりとりすべてを笑いとばすように独特のかすれた声で笑い出したが、その「呑めなくなった」武田さんの健筆ぶりを思いうかべたぼくは、うかつにも一瞬その笑いに参加し損って真面目に呟いた。

――それはほんとに大変です。

――そう、ほんとうに大変なんだ。と武田さんはまた笑った。

あとになって思うと（何事もみなそうなのだろうか？）、最後の夏の武田さんは元気がなかった。帰る時、前年の夏までは例の山荘と門の間をつなぐ坂道を、懐中電燈を手にした百合子夫人と手をつないで先に立って門まで送って下さったりしたのに、その時は猫のタマと共にベランダまで出るにも足許が覚束なかった。でも、「脳天癌以来恍惚の人」と自称する武田さんを見慣れていたせいか、会話の際に現れるその変らぬ若々しい好奇心のせいか、それとも武田さんがよく対比するように語った「文武両道軒三島由紀夫」に対する「諸行無常屋武田泰淳」のイメージに幻惑されたせいか、ぼくは武田さんが百歳位まで生きるだろうと、そしてぼくのお酒の呑み加減をずっと見守って下さるだろうと、いつの間にか思いこんでいたのだった。

（しょうじ・かおる　作家）

〔初出　『武田泰淳全集　月報18』一九七九年七月、筑摩書房〕

『富士日記』を読む

岡崎京子

武田百合子さんのファンなんです。とくに『富士日記』が気に入っていて、寝る前とかにいつも読んでます。

これは、武田泰淳さんが昭和三十九年に山梨・鳴沢村に山荘を買ってから、昭和五十一年に亡くなるまでの十三年間の山荘での暮らしを、奥さんの百合子さんが書いた日記です。

百合子さんの本を最初に知ったのは、うちの旦那が持っていた『遊覧日記』でした。これはお年を召してからの落ち着いたエッセーで、これを読んで好きになったんです。それに比べると『富士日記』は四十代の若い頃の文体ですから勢いがあって、手づかみで丸ごとリンゴを食べているような感じがあるんです。

最近『武田百合子全作品』が刊行され始めて手に入れやすくなりましたけど、私の持っているのは中公文庫版です。泰淳さんのクレヨン画が表紙になっています。

なぜ引き込まれるのかって考えてみると、描写が的確で無駄がないこと、感情の乱れもないし、美的に描写しようとも思っていないから、力が抜けているんです。それと百合子さんが他人によく思われようとしたりしていない点などが、心地よく読める原因なんだと思います。

十三年間の時間が溜まっていることも、大きな魅力ですね。庭の木が育っていったり、飼っていたポコという犬が死んだり、新しく猫がやってきたり、初めは中学生だった一人娘の花さんも大人になってゆくわけで、人もいろいろと変化する。そうした時の移ろいのようなものがいとしく感じられる。途中で泰淳さんが病気になると日記の分量が少なくなって、看病して疲れると日記なんて書けなくなるんだなと思ったりします。

東京で暮らしている人が、時々やって来てはつれづれなるままに山荘暮らしをしてゆくというものですから、特別なことがあるわけではないんです。食事の内容をよく書いていて、百合子さんは本当に食いしん坊だったんだな、と思いますね。

《夜・ごはん、サンマ、さといも甘煮、がんもどき。／わらび餅を作って、おやつにする。うまくもまずくもない味であった。》なんて書いてあるだけで楽しくなってしまう。

物語があるわけではないから、内容をいちいち覚えているわけではなくて忘れているでしょう。だから何度も面白く読み返せるんです。登場人物たちが、年と共によぼよぼになっていって、いい味だしているんですよ。泰淳さんも、ガソリンスタンドのおじさんとかも……。

高度成長期だから、小売店で物を買っていたのがスーパーができて町の環境が変わったり、道路がよくなっていったり、梅崎春生や高見順、谷崎潤一郎さんとか、有名作家が次々と亡くなられたり、無意識のうちに時代が写り込んでいるんです。

日記って、くやしいとか悲しいといった自分の心情をつづることになりがちですけど、これは淡々と書いてある。自分自身も含めて、ものごとを外側から見ていて、それがいいんです。それは冷徹というのとは違うし、他人に対しても突き放しているのとは違って、上手に距離感をとっているという感じがする。人との関係の取り方が的確なんです。はしゃいでもいないし、大人っぽいというだけでもない。

面白いエピソードもいっぱいありますよ。まだ当然ファックスなんてないから、編集者の村松友視さんが原稿取りに現れたり、深沢七郎さんが立ち寄ったり、鶏が送られてきたり、文学史のメーンには現れない日常があって、活字には表れない意外なところが見えて興味深いんです。

泰淳さんと大岡昇平さんは仲がよくて、大岡さんも近くに別荘を買って、大岡さん夫婦がやってきて、よく交流がある。あの大作家がフォーリーブスのファンだったり、奥さんに甘ったれてたりして、とても『レイテ戦記』を書いた人とは思えないところが書き留められています。

私はハマると同じ傾向のものを、どんどん読んでしまうところがあって、大岡昇平さんの『成城だより』も読んでみました。『成城だより』は作家の日記ですから、日常だけではなくて、何ごとかへの考察とか、作品をまとめるための雑記みたいなものも書かれていて、百合子さんの日記みたいにはのんびりしていない。でも、同じ日付の同じ事柄が微妙に違っていたりして、おかしいですよ。

男の人の日記って、エッセーふうにまとめがちの傾向があるけど、百合子さんは話としてまとめるつもりはなくて、ぶちっと切れている。そのぶちっと切れたままのところが、すがすがしいんです。

（談）

（おかざき・きょうこ　漫画家）

〔初出『鳩よ！』一九九五年一月号〕

『志賀直哉』『狭き門』『富士日記』

須賀敦子

若い人たちが本を読まなくなったといろいろな人がこぼすし、私もなにかにつけてそれを口にするのだけれど、ほんとうにそうなのか。私の若かったころも、本にかじりついているような若者は、それほど多くなかったのではないか。かつて同級だった人たちの顔をひとりひとり頭に描いてみても、学校の勉強と関係なく、読んだ本や読みたい本の話などをする友人なんて、ほとんどいなかったのに思いあたり、そのことに驚く。

友人だけではない。学校で教わった先生たちの何人がはたして書物に親しむといえる人種だったかと頭のなかで数えてみると、案の定、ちらほらの程度。もっとも、やたら本に溺れることばかり多く、そのくせ大事な本は存外、読んでいなかったじぶんのことを考えると、とても若い人たちを批判してはいられない、とも思う。

目がすぐに疲れたり、仕事にあくせくしたりで、大きい本を読む余裕がなかなか確保できないのだが、かなり暴力的に時間をつくって、上下二巻の大冊『志賀直哉』をしんそこ愉しんで読みとおすことができた。

直哉の『暗夜行路』を、じぶんの好きなタイプの話ではないと知りながら、それだからこそ読まなければと、かなり苦痛だったのをがまんして読んだのは何年ほどまえのことだったか。もともと、直哉という作家の作品に興味が湧かなくて、だれもが知っている短篇をのぞいては、彼についての評論もこれまでほとんど読んでいなかった。こんど、阿川弘之氏の本が出て、もういちど直哉に挑戦してみようと力をふるいおこした。近代日本文学のひとつの山とみられている『暗夜行路』を、もしかしたらじぶんは誤読してつまらながっていたのかもしれない。そう思うと、せめて信頼できる作者の手になる伝記を読むことによって、この作家への手がかりを得ておきたかった。

読んでよかった、というのがまずの結論だ。読んだあとも私の直哉論は基本的には変わらなかったのだけれど、阿川氏のみごとな筆の運びに終始がっちりと捉えられて本を置くことができなかった。これは大変なことだ。書く対象への深い愛情に支えられた、といえばよいのか、そんな作者の執筆態度が、きっちりした文章とあいまって読むものを動かすのだ。ぎらぎらした本が多いなかで、心がやすまる作品になっている。

　直哉という人物についてとくに感心するにはいたらなかったけれど、それはそれとして、まるで芝居の場面のような、尾崎紅葉の葬儀が学習院の前を通る話とか、戦時中の一家の暮らしぶりなど、それぞれの時代を彷彿させるような箇所にとくに興味をそそられた。直哉が、予想外にいい加減なところがあった、という話があって、たとえば、じぶんの名の哉という字のタスキをはぶいて、めんどうだから、とすましていたという挿話などを読むと、すこしほっとする。戦後、直哉がフランス語を国語にしてはと提言したという話は、まったく記憶になかった。そんなことを言うぐらいだから、彼自身フランス語ができたかというと、そうでもなかったらしく、無責任もいいところだ。

　大学時代の古い友人がめずらしく電話をかけてきて、この本について夜おそくまで語りあった。彼は文学の人ではないのだが、志賀ファンである。私が、志賀ってもともとは好きな作家じゃない、と言うと、おこったような声をだして、それじゃあ、どうしてあんな大きな本、読んだんですか、と突っ込んでくる。いいお弟子さんをもって幸運だなあって、うらやましく思いながら読んじゃった、と返事をすると、そんなの返事になってない、と手ごわい。仕方がないから、ある時代の、東京の山の手の人たちの口のきき方や、暮らしの様子というのか、生活の感覚が、直哉の生涯を描くことをとおして、見事に伝えられているのが、おもしろかった、とつけたしたら、やっと機嫌をなおしてくれた。ぼくの親類には、ああいった老人がたくさんいました。それがこのところつぎつぎ死んでしまうんで、貴重な資料でもあると思いました、とも彼は言った。友人は、東京の古いプロテスタントのインテリの家に育った。大阪の成り上がり商人の末裔である私が、直哉を好きになれないのは、あんがい、そんな「家」にまつわる文化的な背景に理由があるのかもしれない。そう言うと、きみは乱暴だなあ、あいかわらず、と友人はあきれていた。彼の声を聞きながら、古い友人ってありがたいなあと、心が温かくなった。仕事でつながった相手だと、とてもこんないいかげんな話はできない。

＊

プロテスタント、といえば、目下進行中のある仕事のために、ジッドの『狭き門』を読み返す機会をもった。友人にすすめられてこの本をはじめて読んだのは十五、六歳のころで、当時、ジッドとは発音されないで、表記もジイドと書いた。日本は戦争のまっただなかで、いま考えると、『狭き門』と空襲警報と乾パンといったアンバランスがこっけいでもある。

読み返してみて、当然といえば当然だけれど、あのころは恋愛など、とくに男性の側からの感情など、なにもわからないで読んでいたのが、よくわかった。でも、この作者についての全体的な印象は、あんがい記憶どおりなようで、こんども、これはじぶんの好みの小説というのではないな、と考えながら読んだ。じぶんが、かなりうじうじしているたちだから、私は、物語のおもしろい小説が好きで、こういう告白体のものは苦手だ。話しぶりとか内容の好き嫌いは別にして、ジッドの真価といわれる、透徹した文章の迫力には感動した。

私のすこし上の世代の日本人は、『狭き門』に異常といってよいほど、熱を燃やしていたように思う。それは、ジッドのプロテスタンティズムに由来する、一種の《誠実さ》とか、《真摯な態度》みたいなものに、ある時代の日本の読書人がとかく魅せられやすかったからではないか。とくに、ある世代の人たちはそうだった。それから、《アリサ》という女主人公の名のひびきが日本の読者に美しく聞こえたのも、この作品があれほど読まれた一因ではなかったかという気がする。欧米の名でも、日本語にまざって、美しく聞こえる名と、そうでない名がある。

おなじジッドの作品なら私は『背徳者』のほうが好きだ。本の話をよくするイタリアの友人に、ジッドって読んだ？　とたずねると、好きじゃない、と言う。なにが、と言うと、ああいったすじの人の作品は、と口ごもる。同性愛のこと？　と言うと、そうさ、ぼくはきっと古いんだよ、と言って顔をあからめた。彼は、ほぼ、私と同年代だ。同性愛のテーマは、感情にごまかしがきかなくて平板におちいりやすいから、異性愛を描くより、小説としては難しいかもしれない。

フランスの小説を私はこのごろになって、つぎつぎに読み返している。この夏、モウパッサンの『ベラミ』を読んだときも思ったのだけれど、若いときに読んだといっても、なにも理解していなければ、読んでないに等しいのではないか。いや、読んだと思っていばっている分だけ、マイナスということだ。

＊

武田百合子さんの全集が出はじめた。第一回配本は『富士日記』の上巻。これについて書こう、と思っていたら、もう中巻が店頭にならんでいる。

日の経つのが早いなあ、とはたち前後だった私がぼやいたのを、ちょうどいまの私ぐらいの年齢だった祖母に聞きとがめられたことがある。なんの、と彼女は、人形浄瑠璃みたいな口調で牽制した。あんたぐらいで、まだそんなことという資格はないわいな。

百合子さん、と著者をさんづけにするのは、この日記に感嘆しているうちに、さっさと生涯を終えてしまった彼女に、私は言いつくせないほどの愛着をおぼえ、信頼を寄せていたからだ。たぶん「海」の誌上でのことだったのだろう。なにげなく読みはじめた「富士日記」の文章に驚かされ、ついでのめりこむ日々があった。夫をイタリアで失い、帰ってきた日本でも生活のメドが立たなくて弱っていた当時、私は、ゲリラみたいな彼女の文章の明るさ、力強さにすがりつく思いだった。

夫の武田泰淳氏がまだ元気だったころ、いっしょにボートで湖を走っている光景が描かれる。横を水上スキーがめいわくな水しぶきをあげて通り、百合子さんはずぶぬれになる。二度目に《そいつ》が通ったとき、彼女は思わず、バカヤロ、と叫ぶとそれを聞いた《夫はいやな顔をする》。それでも、もう一回、来たら、また叫んでやるんだ、と意気ごんでいるのに、スキーヤーは戻ってこない。読むうちに私は作者といっしょになって、夫のいやな顔に、なにを、と思い、スキーヤーが戻ってこないことに、拍子ぬけする。

またある年、湖畔の花火大会に家族そろって行く。群衆のなかで、「死にそうな位の年のおじいさんが、家族の人に囲まれて、新聞紙を敷いて寝て、仰向けになって花火を見ている。死んでしまっているのではないかと思うぐらい、じいっとして花火のあがる方角だけ見ている」。

《死》の大安売りみたいな不謹慎さが《死ぬほど》おかしくて、つられてへらへら笑いながら読みすすむと、ページをめくったとたん、こんな文章にぶつかる。

「花火があがって、音もなくふっと消えてゆくのを、くり返しくり返し見ていたら、梅崎さんのことを思い出して涙がでた」

作家梅崎春生が亡くなった年の日記だ。そして、自身も花火のように逝ってしまった。中巻はこう閉じられている。

「楽しい旅行だった。糸が切れて漂うように遊び戯れながら旅行した」

（すが・あつこ　作家）

〔初出『婦人公論』一九九五年二月号〕

犬の眼の人

金井美恵子

百合子さんは晩年、身体が弱っていることを自覚していたのか、それとも〈母親〉という存在がそういうことを言わせるのか、そのどちらとも思えるのだが、あたしが花ちゃんに残してやれるものが何かあるだろうか、あたし、なんーにもないような気がするの、などと眼を丸く見開いて言うのだったが、花ちゃんにかぎらず残された〈娘〉たちは、〈母親〉の残したもののあまりの量の多さに、びっくりしないわけにはいかない。

この原稿を書きながら、花ちゃんから形見わけにいただいた百合子さんが気に入っていたというデミタス・カップ——金色の縁取りのあるブルーのカップとソーサーに眼を丸くしておどろいたような顔の金色の猫と、少しおすましをした顔の白い猫が濃い緑色の様式化された葉っぱと一緒に描かれている——を眺めていると、花ちゃんの写真とエッセイを収めた本を開きたくなり、どこか物悲し気なのになんとなくおかしい廃品めいた建物や風景やそのなかにいる生きているのに、どことなく廃品寸前めいたところが可愛い犬や猫や馬やニワトリの写真を眺めてしまう。

百合子さんの書く文章の、あの読みはじめると深々とひきこまれてしまう独特の魅力というのは、いったいどこから来ているのだろうか。

ロシア旅行記である『犬が星見た』の帯に付された推薦文で大江健三郎は、「星におどろく犬のような魂の人が」夫である武田泰淳とその古くからの友人である竹内好とロシアを旅し、「巨人的な二人の文学者の旅の肖像が、屈託ない穏やかさでとらえられ」、その旅を最後に七年後に死ぬことになる二人の文学者の「パセティックな暗部」を「書き手は天真爛漫といっていい眼に、それをよくうつしと」り、「それは彼女もまた伸びやかな心に、生死の感覚を眼ざめさせながら旅しているのであるからだ。言葉として矛盾をはらむが、ここにあるのは巨大な人間へのいつくしみである。そしてそれが本来の、女性的な力であることを教えてもくれる」と書き、『富士日記』の推薦文では、島尾敏雄が百合子さんの人柄の魅力について、「森羅万象や世事万端を貫き通して、まっすぐ物や事の本質を衝くあの勢いはどこから生まれてくるのだろう」と、心底いぶかしみながら「しかも世界を拒否するのではなく、柔軟に受容して、しりぞけるものをしりぞける時の度胸がまことに美事に身にそなわっている」と感嘆し、埴谷雄高は、彼女を、「生れながらの天性の無垢な芸術者」であると見て、「天衣無縫の芸術者を〈発見〉したこと」が武田泰淳の「後年の幅の大ささはそこにこそ由来すると私は信じている」と賞讃する。

賞讃であり感嘆であり、あるいは批評でもあるかもしれない、戦後日本文学の三人の〈巨人〉によって書かれた武田百合子に関する言葉は、それが単行本の帯に印象される〈推薦文〉という宣伝文的性質を割引いても、素直に、武田百合子という女性と彼女の書いた文章への賞讃であり感嘆であることが見てとれるのだし、なるほど、それぞれの文章は、武田百合子という文章家の、圧倒的であると同時に、実に何でもない日常的なあれこれの細部と事実をこまやかに丹念に書きつづった文章の魅惑の一面を読者に伝えようとし、そして、伝えてもいるだろう。

しかし、こうした戦後文学を代表する〈文学者〉と、その正統な後継者である〈文学者〉が、合言葉のようについつい口にしてしまう〈天性の無垢〉や〈本来の芸術家〉、〈天衣無縫〉、〈天真爛漫〉、〈女性的な力〉とは、いったい何なのか。むろん、こうした言葉には、讃美であり感嘆であると同時に、どこかそれが自分たちの〈文学〉とは別の場所と異なる価値観と異なる見方で書かれたことに対する、怖れと、それ以上の安心とでもいったようなものが存在する。

ロシアのクラ河畔の寺院にあった「ただただバカ強そうな大きな人」の石像と対岸の巨大な「銀色に塗られて、てろてろと光」る女神像を「イヤらしいねえ。（中略）長崎の平和祈念像や大船や高崎の観音様みたい」と言う百合子さんに、夫君の泰淳は、それは出来たての新しさから来るもので「古くなってくりゃ、あたりに馴染んでくるのさ」と、歴史観を述べ、竹内好は、どういうところがキライなのかね、と質問する。

私「簡単なところがキライ。しわしわやひだひだがないからね。もっとくわしくまじめに丁寧にやってもらいたい」

竹内「モダーン彫刻がわからないんだな」

私「そうね。モダーンでなくても、埴輪やこけしもわからない。どこがいいのかわからない」

主人「百合子は犬だよ。どこへ行っても、臆面もなく、ワン、なんていってるんだ。何にもわからんくせにな」

と、その会話は続くのだが、「いままでに見た、どんな田舎のレーニンの銅像だって、ズボンやコートの皺やひだは、烏賊のようにふにゃふにゃと作ってある。楠正成の銅像の馬だって、静脈なんかまで浮き上らせて作ってある。これはナマケて作ってあるのだ」という感想を抱く百合子さんの文章は、銅像の楠正成という歴史的人物ではなく、それが乗っている「馬」が「静脈なんかまで浮き上らせて作ってある」ことにこのうえなく自然に感応しないではいられない感性にあるのだ。

それは、〈天衣無縫〉、〈天真爛漫〉、〈女性的な力〉、〈天性の無垢〉といった称讃の言葉とは、いささか別の価値観を所有しているのである。

武田百合子の文章を読みかえすと、それが夫君の死を契機にして発表されることになったということや、そこに登場する動物たちや私も個人的に知っていた人物、そして、今では、書き手の百合子さん自身も、すでにこの世にいない、という理由もあって、親しい者の死についての思いを呼びおこされずにはいられないのだが、それは、いつでも、親しい者（友人であれ、肉親であれ、飼犬や飼猫であれ）の死を、どのように受け入れ、どのようにそのことと向きあうかについて、読みかえすたびに新しい発見と勇気を与えてくれるのだ。

『富士日記』では、武田家の愛犬ポコの死を知った大岡昇平が「犬が死んでいやな気分だろう。慰めにきてやったぞ」とやって来て、自分の飼っていた犬たちの様々な死に方について語り、「もうこの位話せばいいだろ。少しは気が休まったか」と言ったりする。貴重なかけがえのないものを失ってしまった時に、別の貴重な友情をうけとることの、貴重さ。

奇妙なことに、武田百合子の本を読んでいると、私は大岡昇平の本を読みかえしたくなる。夫君の武田泰淳の本ではなく、百合子さんとは別のところで、「馬」の「静脈なんかまで浮き上らせて作ってある」物について徹底して明晰であろうとした大岡昇平の文章を読みかえしたくなるのは、奇妙なことだが、そのユーモアが、この世界の「静脈」の息づく様として、したたかでしなやかな強さを伝えてくれるからだろう。かけがえのない親しい者は、死んでも死なないのだ。

（かない・みえこ　作家）

〔初出『ミマン』一九九六年三月号〕

富士日記を読む

黒井千次

武田百合子氏の「富士日記」は、幾つかの点で特異な日記である。

通常、日記は自らの意志によって記される。ところがこれは、夫・武田泰淳のすすめによって書き出された経緯が百合子氏の〔附記〕に語られている。かねてから日記をつけてみろとよく言われていたが、ものを書くのがイヤな百合子氏は家計簿すらつけなかったという。「山小屋を建ててからは、山にいる間だけでも日記をつけてみろといわれた。〈その日に買ったものと値段と天気とでいい。面白かったことやしたことがあったらそのまま書けばいい。日記の中で述懐や反省はしなくていい。反省の似合わない女なんだから。反省するときは、ずるいことを考えているんだからな〉といったりした。山にいる間だけ、ということにして、使い残しのノートや有合せの日記帳にぽつぽつ書きつけた。」

こうして、武田泰淳夫人の山小屋日記が書き始められた。昭和三十九年（一九六四年）七月の「富士日記」誕生である。したがって、ここには東京の生活から切り離された山荘暮しの日々のみが描かれる。その特別な時間が、「ものを書くのがイヤな」百合子氏にペンを持つ気を起させたのかもしれない。

夫の言葉は忠実に守られた。買物の値段と天気は克明に記録され、土地の人達から聞いた話や山荘での出来事が書き留められ、述懐や反省が排除されたかわりに、食事の内容が（何を誰が食べたかまで）詳細にほぼ毎日記述され続けた。昭和三十九年から五十一年にわたる十余年のこの食事録だけとってみても、「富士日記」は稀有《けう》な記録であるといわねばなるまい。

たとえば昭和四十年七月二十四日――。

朝　ごはん、ひらめ煮付、のり、うに、コンビーフ。

昼　ふかしパン、紅茶。

夜　チャーハン（百合子、花）、おかゆ（主人）。たこときゅうりの酢のもの、ベーコンをおかゆに入れる。

たとえば昭和四十二年七月五日から抜き書きすると——。

朝　ごはん、鮭かん、大根おろし、しょうがおろし、卵を入れた味噌汁。
昼　手製クッキー（今日は、バターと卵を沢山入れて軟らかく焼いてみた。まずし。作っているとき想像していたのとちがうし）。スープ（トマトと玉ねぎ）、ベーコン。
夜　そばがき、さつまあげ（主人）、めざし（私）、みかんゼリー。

たとえば昭和四十七年五月十八日——。

朝　麦ごはん、キャベツ味噌汁、木須肉《ムーシイーロー》。
昼　ふかしパン、グリーンピース塩茹で、野菜スープ、すみれのおひたし（隣りのおじいさんにもらった）。
夜　ごはん、大根と牛肉煮付、かれいフライ、さつまいもから揚げ、ニラといかのぬた。

適当に抜き出したこの三日分の献立てのみを見ていても、そこから食べ物の表情がお互いに囁《ささや》き合うかのように浮かんでくるのを覚える。これは単なる食事の覚え書きではない。それを作って夫や夏休みに同行する娘に食べさせた人の手が書きつけたドキュメントである。そして、こういった何を作り何を食べたかの記述が、一日を綴る文章にリズムを与え、柱を立てているのが感じ取られる。

夫・泰淳氏は買物の値段と天気をつければいい、と言ったそうだが、食べた物をしっかり記すことによって、生活の事実が、「述懐」や「反省」よりどれほど重く確かなものであるかを、百合子氏は身をもって示してしまったのだといえよう。

つけ加えれば、買物の値段もまた驚くほど詳しく書かれている。夏季が中心の富士山の山梨県側に当る土地にほぼ限定されるが、その物価の十年史は高度経済成長の歩みでもある。それ以上に興味深いのは、地元のガソリンスタンドを中心にした商店の変貌や、土木工事などに出て来る農家の主婦らしき人々の言動である。土地開発とか観光地化の動きといった現象が、決して俯瞰《ふかん》的な視点からではなく、あくまでも余所《よそ》者《もの》の山荘生活者の眼によって捉えられ、さりげなく描き出されている。

ある日、ガソリンスタンドに寄って洗車サービスを受ける間にお茶を出され、スタンドのおじさんの話を聞く。武田山荘のあたりは戦争中の開墾地で、戦後になって土地が国から村に与えられた。その折にうまく立ち廻った人間が大儲《もう》けをした。今ではこの町にも億以上の金を持っている人が沢山いる、と教えられる。幾度もそう力説されるのを聞くうちに、ふと前のことが思い出される。

「以前、石垣工事で、うちに石工の人たちが入ったとき、女衆たちは、朝くると仕事にとりかかる前に、腕から時計を外して、ていねいに松の枝にぶら下げた。女ものの華奢な金時計が、キラキラといくつも松の枝に下っているのを私は羽衣伝説のように眺めた。」

休みどきに、甲府のデパートでダイヤモンド指輪の売出しをやっているからまた買うべ、と女衆は話し合う。

「それから、昼ごはんどきに『いまどきゃ千万なんど金のうちに入らねえずら。億が金ずら』とこともなげな朗らかな声が門の方の草むらの中から聞えてきた。あの女衆たちも億万長者か、それに近づいている人たちなのかもしれないのだな。」

ここには、いささかの批評的言辞もつけ加えられない。

スタンドを出てから百合子氏は樹海を抜けて走るうちに開拓村らしい場所に出る。痩《や》せた乳牛が一頭寝転んで、夜逃げでもしたような建ちかけの空家があり、似たような小さな家がテレビのアンテナをつけてぽつん、ぽつんと散らばっている。空気は澄み、「正しい生活をしている」と思うが「何ともかんともわびしい」。

その夜、「百合子のいない間に、テラスに黒白の大猫がきて、悠然として帰らなかった、と主人告げる。開拓村の話をして『人間は平等ではないねえ』と私は言った。」（昭和四十年十月七日）

この感想は批評ではなく、人間の哀しみを静かに訴えているように耳に届く。武田泰淳氏は黙して何も応えなかったのだろう。そして当日も、朝のごはん、豚つけやき、もやし炒《いた》めに始まり、夜のふかしパン、とうもろこしスープ、羊のコンビーフ、きゅうりとキャベツサラダに終る夜の食事までが、しっかりと認《したた》められている。

「富士日記」に滲《にじ》むユーモアは、なにげなく書かれたかに見える言葉の中から、ひょいと押し出されてくる。女衆が腕から外して金時計を「ていねいに」松の枝に「ぶらさげ」る。高価で華奢な時計が「ていねいに」扱われるのは当然かもしれないが、それが幾つも松の枝からぶらさがっている眺めはやはり滑稽《こっけい》である。しかし百合子氏はその光景を笑うのではなく、伝説の天女の羽衣として眼に収める。滑稽さのすぐ裏にはそこはかとない哀しみが漂っている。「億が金ずら」ということもなげな声が朗らかに聞えて来るのは、「草むらの中」からなのである。日記の書き手ではなしに、「松の枝」と「草むら」が「金時計」と「億」の金を笑っている。これはよほど大きな深い眼を持つ人にしか捉えられぬ情景であり、紡ぎ出せぬ表現であったというほかにない。

テラスに来るリスに黒パンと白パンを出しておいてやると、ひたすら白パンを食べる。白パンのきれはしまでも探し、いよいよないと判るとはじめて黒パンを食べ始める。「リスは自然食がイヤなのだ。生れてからいままで仕方がないから自然食を食べていたのであって、やっぱり、黒パンより白パン、チーズ、ハンバーグの手をかけた洋食が食べたいのだ。」（昭和四十四年七月二十二日）との感想。野生のリスは「仕方がないから自然食を食べていた」のだという発見に虚を衝かれる。その先に、人間の自然食ブームに対する言及などは決して現れない。「述懐」や「反省」より、事実の発見の方がいかに切実で貴重であるかがここにも示される。日記の中に「述懐」や「反省」はいらない、と武田泰淳氏は言ったそうだが、それは、人間のその種の行為を武田氏が根底において疑っていたからではあるまいか。百合子氏に対して「反省の似合わない女なんだから。反省するときは、ずるいことを考えているんだからな」と語った時、武田泰淳は武田百合子ごしに人間の本質について語っていたと思われる。反省は、一応の自己否定を前提とする自己保存に他ならない。つまり「ずるい」行為なのだ。としたら、「反省の似合わない女」とは「ずるいことを考え」ない女である。反省の似合う女に比して、こちらの方がどれほど魅力的な女性であるかは明らかだ。

とはいえ、「反省の似合わない」無垢の女性と共に暮す同伴者は決して楽ではない。山荘への行き帰りや当地での買出し、山中湖、河口湖、本栖湖へのドライヴなどはすべて百合子氏の運転である。相応の技術と熟練がなければ到底叶うことではないが、この車はまことに勇猛果敢に突走る。雪の坂道や凍結した路面にも、ブレーキ操作やハンドルの扱いに細心の注意を払った上ではあるけれど、怯《ひる》まずに乗り入れて行く。行ける所まで行ってみよう、という精神が常に車を駆り立てる。運転をしない助手席の同乗者には気楽なドライヴではあるまい。

ある時など、山道の下りでセンターラインを越えて平気で右側車線を走って来る自衛隊のトラックの傍若無人さに腹を立て、百合子氏は窓から首を出し、「何やってんだい。バカヤロ」と叫ぶ。助手席の泰淳氏が「人をバカと言うな」と窘《たしな》めたことから運転者は逆上し、言い合いの後に信号も無視する猛スピードの暴走が始まる。「この人と死んでやるんだ。諸行無常なんだからな。万物流転なんだからな。平気だろ。何だってかんだって平気だろ。人間は平等なんだって？　ウソツキ。」（昭和四十一年九月七日）

その間、ちらと眼の端でみると泰淳氏は「車の衝撃実験のときの人形のように、真横向きの顔をみせて、しっかりと座席のふちにつかまっている」のである。ガソリンスタンドに着いた百合子氏は、おじさんにことの顚末《てんまつ》を訴え、自分が夫の最も嫌いなスピード運転をサーカスのように重ねて来た経過を告げて「おじさんどう思う？」と訊く。おじさんは結局「奥さんの勝ち」と呟《つぶや》く。言うだけ言ってしまうと百合子氏は胸が納まる。泰淳氏はずっと黙ったままだ。しかしおじさんが最後に小さな声で、「先生はえらいなあ」と言ったことが、そっと書き加えられている。

昭和三十九年から五十一年（一九七六年）までの間には様々な出来事が起った。富士の山荘に滞在中しか記されないこの日記にも、東名高速道路や中央自動車道の開通、アポロ十一号の月面着陸、万国博覧会などの話題が顔を出す。しかしそれらは、暮しの周辺にいる動物達、山の木々や草花、土地の人々、山荘を訪れる親しい人達の遠景にぼんやり霞んでいるだけだ。

日記を読み進む者には、昭和五十一年十月五日の武田泰淳氏永眠の日の近づくのが恐ろしい。この年の九月後半だけ、山荘から帰った東京で日記は書き継がれる。病いの床につきそっての日記である。九月二十一日、泰淳氏の死の二週間前に「富士日記」は終っている。

武田泰淳氏は去ったが、後に「富士日記」と、それによって紛れもない言葉の表現者としての武田百合子氏が残された。「富士日記」ほど、作者の全人格の表現である日記は稀《まれ》であろう。その十六年半後の一九九三年五月二十七日、武田百合子氏も六十七歳の生涯を閉じた。

（くろい・せんじ　作家）

〔初出　『Ｔｈｉｓ ｉｓ 読売』一九九六年十一月号〕

日常を読ませる魔術

小池真理子

猫を飼い始めて十一年。ペットホテルや動物病院に預けていくのが可哀相でならず、ほとんど旅をしない人間になってしまった。

若い頃はずいぶんあちこち、身軽に旅してまわったものだが、旅先もしくは旅の途中、海辺やホテルのテラスや飛行機の中などで、山ほど本を読んだような気がするのに、思い出そうとしても、記憶はおぼろで何ひとつとして鮮烈な印象が残っていない。

旅先で読んだ本、というよりも、例えば病院や歯科医院の待合室などで読んだ本のほうがより多く記憶に残っている。からだの具合が悪い時のほうが、書物の発してくるオーラを素直に受けとめやすくなるせいかもしれない。

武田百合子の『ことばの食卓』（ちくま文庫）を読んだのも、虫歯の痛みで涙ぐみながら順番を待っていた歯医者の待合室でだった。痛みにうんうん唸りつつ、武田百合子という人の文章が紡ぎ出す世界にはまりこんで、束の間、痛みを忘れた。

以来、旅とは言えないまでも、現在住んでいる軽井沢と東京を往復する際の列車の中で、武田百合子の『富士日記』をバッグにしのばせ、読みふけるようになった。

どのページを開いても読めるような日記形式になっていて、何ひとつ難しいことが書いてあるわけでもない。今日は朝、何を食べたとか、どこに出かけたとか、買物をして何を買ったとか、そんなことばかりが淡々と綴られていくだけの本なのに、例えば、東京での仕事にくたびれ果てて列車に乗り、これを開いた途端、ほんのりと気持ちが温かくなって、少し元気が出てくるのが不思議である。

どこにでもある、誰にでも経験のある日常の風景を読ませていく言葉の魔術に圧倒されて、軽井沢に着いた時はすっかり元気になっている、という案配なのだが、残念ながら、新幹線が開通した最近ではそれもできなくなってしまった。東京・軽井沢間が一時間と少し、というのはいささか早すぎ、本を読む間もないのである。

（こいけ・まりこ　作家）

〔初出　『週刊文春』一九九八年四月三十日・五月七日合併号〕

武田山荘入口

昭和50年8月頃

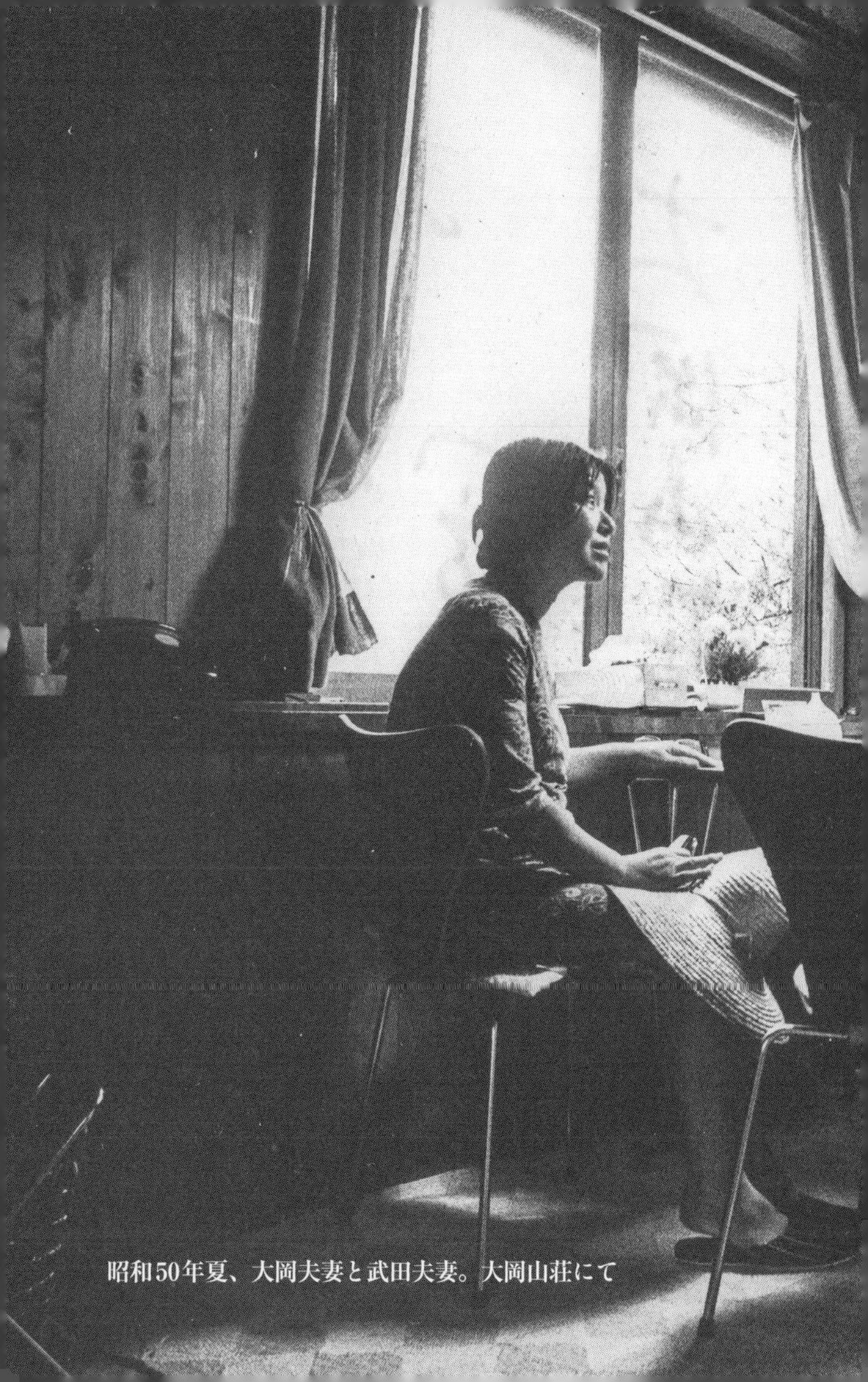

昭和50年夏、大岡夫妻と武田夫妻。大岡山荘にて

昭和50年夏

昭和55年頃、山荘勝手口で猫の玉と

不世出の文章家が書き綴った「日記」

安原　顯

村松友視の労作『百合子さんは何色』（ちくま文庫）があるので、いまさら付け加えることもないようなものだが、こうした機会に若い読者が増えればと、書くことにした。ぼくは武田百合子、島尾ミホの両氏、誇張ではなく「天才」だと思っている。

『百合子さんは何色』にも詳しいが、武田百合子とぼくらとの出会いは一九七六年、文芸誌『海』の「武田泰淳追悼特集号」がきっかけだった。ぼくは三十六歳、百合子さんは五十一歳の時のことである。その折、一九六四年、富士山麓に山荘を建てて以来、滞在中に限り、半ば強制的に夫に付けさせられていた「日記」の存在を知り、武田泰淳自身の書いた日もあると教えられ、追悼号に相応しいと、出してもらったのだ。ということは、百合子さんがもし先に逝っていたら、この「日記」、世に出なかった可能性もあった訳だ。ぼくたちは一読して才能に仰天したが、紙幅の関係上、その時は百枚しか載せられず、そのまま毎月連載にしてもらった。連載中のタイトルは「不二小大居百花庵日記（富士日記）」だった。さらにわれわれは『犬が星見た　ロシア旅行』の存在も知り、これまた連載を、依頼。そして翌七七年、単行本になった『富士日記』は田村俊子賞、『犬が星見た』は、七九年の読売文学賞を受賞した。

その後も『ことばの食卓』（八四年）、『遊覧日記』（八七年）、『日日雑記』（九二年）と、エッセイ集を出し続けたが、九三年五月二十七日、肝硬変で急逝する。享年六七歳だった。

『富士日記』に愛犬ポコの死、の話が出てくる。

東京から山荘に行く間、一時間ごとに車のトランクから出してやってはいたが、それが待ちきれずに籠の蓋を頭で押し無理に開けたため、車が揺れるたびに蓋がバネのようにポコの首を締めつけ、死んだのだ。

〈小さな犬だからすぐ死んだんだ。薄赤い舌をほんのちょっと出して。水を一杯湛えたような黒いビー玉のような眼をあけたまま。よだれも流していない。不思議そうにものを視つめて首を傾げるときの顔つきをしていた。トランクを開けて犬をみたとき、私の頭の上の空が真青で。私はずっと忘れないだろうなあ。犬が死んでいるのをみつけたとき、空が真青で。／埋める穴は主人が掘ってくれた。とうちゃんが、あんなに早く、あんなに深い穴を掘った。穴のそばにぺったり坐って私は犬を抱いて、げえっというほど大声で泣いた。泣けるだけ永く泣いた。それからタオルにくるんで、それから犬がいつもねていた毛布にくるんで、穴の底に入れようとしたら「止せ。なかなか腐らないぞ。じかに入れてやれ」と主人は言った。だからポコはじかに穴の中に入れてやった。ふさふさした首のまわりの毛や、ビー玉の眼の上に土をかけて、それから、どんどん土をかけて、かたく踏んでやったのだ〉

詩人中村稔氏は「武田百合子全作品」『富士日記（中）』の解説でこの一節を引き、〈こういう文章がただ天性の素質だけで書けるはずがない。推敲したにせよ、しなかったにせよ、自己をよほど確かに見る眼と表現する力が身についていたのだろう。そういう意味で百合子さんは天性の文学者であった〉とし、さらに続けて〈『富士日記』は叙事詩として読むことができる。はじめて山荘を建て、少しずつ手入れしていく生き生きした時期、大岡昇平さん夫妻や土地の人々との暖くこまやかな交情を経て、武田泰淳さんの病状がしだいに重篤となり、巨木が倒れるように死を迎えて記録が終る。その間の些末な日常をつうじて、ある時代の全貌が語られるのである。しかも、『富士日記』の魅力は、病的なほど健全な生活者である作者の人柄にある〉とも書いている。

また埴谷雄高は、『富士日記』初版の帯に、〈本来文学のなかにだけいるべき人物がほかならぬこの世の現実のなかに出現するのは私達の驚きである。私は百合子さんを《女ムイシュキン》と名づけたが、その発想は、一見、並みはずれて突飛で愚かしいほど奇抜でありながら、誰も思い及ばぬ数億キロの飛躍のなかで、事物の核心をすべて喝破しているからである。いわば生まれながらの天性の無垢な芸術家として一瞬一瞬の生を生きつづけた百合子さん、その天衣無縫の芸術者を「発見」したことは、武田泰淳の成長史のなかでも殊に特筆すべき「発見」にほかならず、彼の後年の幅の大きさはそこにこそ由来すると私は信じている。この日記は、思索的な文学者とその天性の芸術者の珍しい組合わせの貴重な記録であるが、それればかりでなく、私達の昭和期を代表する質実な生活の貴重な記録〉との推薦文を寄せもした。

村松友視は、武田泰淳の秀作『富士』の担当編集者をしていたので親しかったが、泰淳逝去後に知り合ったぼくも、たちまち百合子さんの大ファンになり、月に一度は自宅に行き、時にはレストランに連れ出して会食もした。むろん、一人娘の花さんとも親しくなった。後に彼女、独特の味わいの写真家になり、木村伊兵衛賞も受賞。さらには母親譲りの感性と文体に似たユニークな文章も書き始め、昨今は「写真と文」で、売れっ子作家にもなった。その当時、自宅に招かれた折など、百合子さんの弟の鈴木修さんが貿易会社勤務とかで、グリーンの大粒のキャビアを何度も振る舞われた。

『海』では「映画館」のタイトルで、毎月エッセイを連載してもらったが雑誌が廃刊、ぼくは『マリ・クレール』に移ったりで、途中でとぎれた。『海』在籍中からぼくは、「小説を書いて欲しい！」と言っても、いわゆる小説ではなく、このままのエッセイで十分、百合子さんの場合、これは『小説』との気持で書けば、『小説』なんだから」と、何度も口説き、『マリ・クレール』時代も執拗に言い続けたが、遂に果たされなかった。そこでぼくは『マリ・クレール』でもエッセイを依頼、八八年六月〜九一年四月までのほぼ三年間、『日日雑記』を連載してもらった。

また、『海』のエッセイ同様、単行本未収録だが、ある時、百合子さんが小川徹の『父のいる場所』を激賞するので、『マリ・クレール』に「書評」を書いてもらった。〈「いやいや今日はすっかり御苦労さん、お世話になったから御馳走したい。ちょっとおいしいすきやきあるの」と言ってくれる。あまりお金を持っていそうもないO氏なので、いいえ、いいですと遠慮したが、「やっぱりね、人間、ちゃんとしっかり食べとかなくちゃ」などと、なおも言ってくれるので、それでは、と恐縮しつつ、すきやきなんてスゴいな、と丸窓のはまったお座敷を頭に浮かべながら、アンモニアの匂いとインクの匂いの澱む風通しのよくないガード下に沿った通りを随いて行く。（略）麻雀屋に古切手屋、タイプ印刷屋、絵具製造業、（略）どもりを治す精神肉体進化研究所などが並んだ先、敗戦後の外食券食堂のような店の硝子引戸をあけて入った。／一人前五百円のすきやきなのであった。チャーシューメンと同じ値段の珍しい安さに驚くと同時に、ほっとしたような、当然のような、つまらないような気がした。しかし、食べはじめたら五百円のすきやきは具の量が沢山あって、甘くてくどくて、ちゃんとお腹がいっぱいになるように工夫がこらしてあるのだった。O氏は常連らしく、手ぎわよくテーブルをまわってガスの火を調節している平たい丸顔のおかみさんから、センセイとよばれていた。（略）久しぶりに人と会えてこんなにしゃべれた嬉しさがこみあげてくるらしく、鍋をかきまわすお箸を握ったまま、「今日ハウレシイナ」とシンから嬉しそうな言い方で何度も声を張り上げるので、まわりの客たちはその度にびっくりして、こっちを見た。／御馳走様でした、と立上がり、二足、三足歩きだすと、相当大きな平べったい物体が倒れる音が背後でした。一瞬、ああ、こうしてOさんは死んでしまうのだ、と思った。だが、しょっちゅう、こんな風になるらしいO氏は、いっこうに平気で、「今日はありがとね」と転がったまま人なつこい笑った顔で挙手の礼をしたので、私はO氏の表現力の見事さに、十二分を通り越すもてなしをうけたと感動した〉

この文章など、ぼくが「小説を書かせたい」と願った、典型例と言ってもいい。まず第一に、稀有なるこの「写生文」に注目して欲しい。ビデオ・カメラで撮ったような正確さ、〈ほっとしたような、当然のような、つまらないような気がした〉など、気分を描写する秀逸な文体、〈ああ、こうしてOさんは死んでしまうのだ〉との独自の死生観などを巧まずして飄々と綴る作家、そういるものではないからだ。また『富士日記』の中の、最も印象的なシーンに、以下のようなものがある。高速道路のトンネル内で、百合子さんの運転する車のホイルカバーが外れた。〈ふと気がつくと主人がいない。ひとことも言わずに、トンネルの中へ、すたすたと戻って行くのだ。（略）死んでしまう。昨夜遅くまで客があり、私が疲れていて今朝眠がったからだ。ぐったりしている私の、頭を撫でたり体をさすったりして、しきりになだめすかして起してくれたのに、私が不機嫌を直さなかったからだ。（略）私は足がふるえてきて、のどや食道のあたりが熱くふくらんでくる〉。トンネル内で急ブレーキ音がし、バカヤローとの罵声も聞こえる。そのうち主人がトンネルの真ん中から戻ってきた。全身泥だらけ、私の前に来ると、〈「みつからないな」と言った。黄色いシャツを着ていたから、轢かれなかった。ズボンと靴を拭いているうちに、私はズボンにつかまって泣いた。泣いたら、朝ごはんを吐いてしまったので、また、そのげろも拭いた〉。伴侶への愛を描いて感傷的にはならず、しかもこのようなタッチの小説、これまたぼくは読んだことがない。

〈有楽町のガード下で甘栗を買った。五千円札を出して千五百円の袋を買った。六十位の甘栗屋のおじさんは、五十歳半ば位のおばさんと立話していたのを中止して、千五百円のほかに、おまけだと言って赤い小袋に一摑み入れ、おつりと一緒にくれた。三千円しかおつりがないと私が言うと、三千五百円あげたと言う。貰わないと言うと、話を中断させられていたおばさんが、「確かに出したよ。あたし、ちゃんと見ていたもの、ねえ」と口をはさんできた。でも貰わないもの、と私は言った。おばさんは首に巻きつけた薄紫のふわふわした布をゆるめて息を一つつくと、厚化粧のしわ深い顔の中にぽつんと光っている黒々とした奥眼に、力を漲らせて、黙っているおじさんの右手を摑みあげて、／「あたしゃ、確かにこの旦那さんの指が、この指と、この指と、この指が、こう動いてさ、千円札三枚と五百円玉とり出したの、この眼で見たもの」と、弁護した。甘栗屋のおじさんと恋愛しているのだ。家に帰ったら五百円玉が手提げの底にあった〉

金井美恵子は『日日雑記』を評して〈日々の雑記にすぎないものが、みずみずしく優しい眼のなかで、いくつもの偶景的なしぐさや言葉が、やわらかでなめらかな素早い猫の動きのように書きとめられている〉と書いたことがある。

ぼくが最後に百合子さんの原稿をもらったのは季刊『リテレール』第2号（九二年夏号）だった。創刊号にも依頼したが体調が悪いとかで、もらえなかったのだ。そしてこの短い原稿、遺稿になってしまった。依頼したのは「ノン・ジャンル・ベスト10」だった。

〈このところ、いちどきに、あちこちわるくなって、心臓だの血圧だの肝臓だのの薬をのんで、芋、豆、菜っ葉を食べて養生の毎日で、心身ともにひよわです。テレビの里見浩太朗の劇を観てはツヨくならねばと励んでいる友達がいますが、私もこのうわの空状態をのりきろうと、ハードボイルド小説（警察小説というのかな、犯罪小説というのかな）を愛読しています。トマス・ハリスの二作は映画を観てから読んでみたくなって読みました。小説の方が、はるかに素晴らしく、すごかった〉と書き、リストは、①井伏鱒二『黒い雨』、②吉行淳之介『廃墟の眺め』、③深沢七郎『月のアペニン山』、④柳田國男『山の人生』、⑤東海林さだお『鵜飼見ながら長良川』、⑥ヘンリー・ミラー『仕立屋』、⑦村井弦斎『台所重宝記』この本で家事もろもろを教わっています。⑧ロス・マクドナルド『さむけ』、⑨トマス・ハリス『羊たちの沈黙』、⑩同『レッド・ドラゴン』となっていた。

九四年九月三十日、「武田百合子さんを偲ぶ会」があった。ぼくはたまたま司会を頼まれ、その打ち合わせのため中村稔、武田花、鈴木修、内藤三津子の四氏と食事をした。その折、鈴木修氏が「姉の百合子は中村稔さんの若い頃の詩を読んで、詩人を諦めたんですよ」と語り、花さんは、「母の最も好きだった歌はオルドリッチ監督、ベティ・デイヴィス主演の映画『ふるえて眠れ』の主題歌だった」と教えてくれた。

百合子さんの若い頃の「詩作」については、村松友視『百合子さんは何色』の第五章「詩人の色」に詳しいので興味のある向きはどうぞ。

武田百合子さんとの付き合いは、十七年でしかなかった。ぼくは三十数年、文芸編集者をしてきたので、さまざまな作家を知り得たが、ぼくの知る限り、座談の名手は開高健と武田百合子の二人だった。しかし、開高健のそれはウケを狙った計算がどこかに働いており、インテリ臭も強いのに対し、百合子さんのそれはまったくの自然体、巧んだところなど欠けらもなかった。鋭い観察力というか物の見方がすこぶるユニークで面白く、それらを表現する言葉の一つ一つが特異で、いつも唸らされた。百合子さんの話、何十回となく聴いているが、その度に、「テープに録っておきたいなあ」と思いもした。理屈ではなく感性感覚に立脚しているため、座談の言葉を記憶するなど到底不能だったからだ。百合子さんのような稀有な作家、言うまでもなく二度と出ない。

（やすはら・あきら　編集者）

〔初出　『文學界』二〇〇一年一月号〕

『富士日記』を読む

田崎悦子

私は今、八ヶ岳の麓に住んでいる。日本を離れ、アメリカに渡ったのが一九六〇年。以来三十年をかの地で過ごした私にとって、日本の昔のままの風景が色濃く残っているところを探し求めた結果の八ヶ岳山麓住まいである。かつてJR中央線の沿線に住んでいたため、それをずっと辿った先ということもあった。

そのせいか、四、五年前に、ふと目にした新聞広告を元に買い求めたのは、武田百合子の『富士日記』だ。この本の中には、私が海の向こうにいて体験することができなかった戦後の日本の姿、昭和三十年代後半から四十年代、そして高度成長期へと続く歩みが、一主婦の目を通して描かれているからである。

著者の武田百合子は、中国での戦争体験と仏教的世界観を根底に踏まえた代表的な戦後派作家の一人である泰淳の妻。夫の口述筆記をしたり、車を運転して取材旅行に同行したり、夫の手となり足となる生活をしていたが、夫が没後、作家となり、「海」に本書を連載、一九七七年に田村俊子賞を受賞している。

内容は、タイトルに〝日記〟とある通り、東京と別荘にしていた富士の山すその日常の何気ない話題が淡々と書き連ねてある。木々の景色や季節の移ろい、三度の食事のことなどが、まるで家計簿のように綴られていて肩がこらない。ストーリーに特別の流れがあるわけではないので、どこから読み進めても構わない。しかしその視線は、人間を描くときも動物を描くときも、そして植物や自然を描くときも、常に温かく、それらすべてをいとおしんで書いているのである。

だからだろうか、私はこの本を読んでいると、なぜか日々の嫌な事柄から開放されて、とても気が休まるのである。おそらく失われつつある日本のノスタルジーが、この本の中にはまだ残っているからだろう。

もう一冊の『糸屋鎌吉詩集』は、私の仕事と関係が深い一冊。著者の糸屋鎌吉さんは、クラシック音楽の普及のために長年尽して来た方で、音楽界のコンサルタント的な存在。私の若いころからの支援者の一人でもある。

最近の私は、どちらかといえば長い小説より短い詩などの方が好きだ。感覚的にイメージと感性に訴えかける作品の方が今の私には合っている。その面で、文章を削ぎ落としていって残った最小の言葉で表現する糸屋さんの詩には、逆にとても多くのことを語っているように私には感じられる。今年八十九歳の糸屋さんには、限りなくいとおしい人生への悲哀やこっけいさと同時に、そうした心理状態をエンジョイしているゆとりというか、遊びの部分があるように思う。果物でいうなら、熟しきって木から落ちる寸前の芳醇なおいしさのようなものだろうか。その味わいが何とも素敵だ。

（ただき・えつこ　ピアニスト）

〔初出　『よみがえる』二〇〇〇年十一月号〕

日記がたぶん好きなんです

ホンマタカシ

だいぶ前に誰かに「ホンマさん、たぶん好きですよ」と『富士日記』のことを教えてもらったような気がします。百合子さんの富士山の別荘での旦那の武田泰淳と暮らした十三年間の日記を一読して、こりゃ凄いと思いました。（まあ、みなさん、そう思うでしょうけど）

その後、「いいなー富士日記」と言っていたら、また別の仕事仲間に「庄野潤三もいいですよ」と教えてもらって……すぐ読みました。東京の郊外に住む老夫婦の日常……これがまた呆れるくらい普通なんですけど、ものすごくいいんですよね。こんな普通で文学っていいんだ！　というくらいの、腰が抜けたような緩い衝撃。でもまた、しばらくすると読みたくなる中毒性が庄野さんの文章にはあるんです。

小説や映画の物語もいいと思うんですけど、なんか上手くまとめちゃって——って思うことが多いんですね、冒頭は良くても、たいがいエンディングでガクってきたりして。なんか作り手の作為を感じちゃうんですよね、とりあえず紙面や上映時間の都合で気分良く終わらせる。その、してやったり感……ウエルメイドという言葉を良い意味で使いますけど、僕はあんまり好きじゃないんです。

だって人生って、死という誰にも平等に訪れる決定的な終わりがあるわけなんですけど、人はどんなに悲しんでも、結局すぐお腹が減ってゴハンも食べるわけだし、寝て起きて、死んだ人に関係なく仕事したり恋愛したりするわけですよね。僕はそっちのほうにリアリティを感じちゃうんですよね。『富士日記』にはまさしくそういうことが書いてあるんですね。

今のSNSでみんな発信している日記的なものには、全く興味ありません。なぜか？　というと、みんな、自分がどう見られるか？　ということにあまりに意識的すぎるんですね。しかもその作為を、そういうもんでしょ、とやっているのがいわゆるソーシャルネットワークコミュニケーションなんだと思います。

庄野潤三さんはもちろんですけど、武田百合子さんも読まれる前提で書いていたと言われますけど、それはもしかしたら、ものすごいテクニックなのかもしれませんが、それこそ作為を感じさせないんですよね。家族のことを書いていながら、客観的というか、なんか凛としているんですね。読者に甘える感じがない。コミュニケーションやセルフプロデュースじゃない。逆に、それこそ自分自身に真剣の刀で切りつけてる感じがするんです。

三十歳になる前後にロンドンに二年間住んでいたんですけど、そこで学んだのはindividualということなんですね。個々を独立させるということ。人と同じことはしないという意味のindividualなんです。空気を読んで、なるべく、みんなから浮かないようにする――の真逆の社会でのあり方なんですけどね。（笑）

最近あらためて、写真っていいなーと思っています。日常の人生の断片でしかない優れた写真と優れた日記は——。いや断片だからこそ世界のリアリティに肉薄できるんじゃないか？　と。僕はいま、あらためて『富士日記』のように写真を撮りたいと思っているところです。いや、もっと正確にいうと武田百合子さんの『富士日記』のような「アリカタ＝在り方」を写真で出来たらなと思っています。

（ほんま・たかし　写真家）

（『暮しの手帖』二〇〇一年十月号掲載のエッセイを改稿）

武田百合子『富士日記』と深沢七郎『妖木犬山椒』【富士山】

種村季弘

武田百合子『富士日記』【富士山】

武田百合子[*1]『富士日記』は、いつ、どこから読んでもおもしろい。といって、別段変わったことが書いてあるわけではない。昭和三十九年、山梨県側の富士山麓に山荘を建ててから、昭和五十一年秋、夫君の作家武田泰淳[*2]が亡くなるまでの山荘暮らしの日々の記録が淡々とつづられているだけである。

ガソリンスタンドのおじさんや外川さんというご近所の人、それにやはり近くに山荘のある作家大岡昇平一家との日常の交際、東京からくる編集者たちの応対、娘さんの花子さんをまじえた一家の団欒、富士山周辺で起こるローカルな出来事のメモ（いずれも珠玉のエッセイか短篇小説のように完結している）、そして何よりも富士山のその日ごとに変わる表情。ざっとそんな話題である。もう一つ、毎日かならずつけてあるのが朝昼晩の食事のメニュ。一例を挙げる。

「八月十四日（土）時々霧雨

（前略）朝　ごはん、ひらめ煮付。

昼　サンドイッチ、スープ。

夜　ごはん（おかゆ）、また、ひらめの煮付。じゃがいも炒め、鮭バター焼（主人）、キャベツ漬けもの。」

どうということのないメニュだ。ところがなぜかこの日記ではそんなメニュが、魔法にかけられたように天下の美味に思える。

もう一つ、この日記にはむやみに死亡記事の記載が目立つことだ。いま挙げた（昭和四十年）八月十四日の前日の十三日は、「池田前首相がガンで亡くなった。ほかの人は死なない。」

なんだか「ほかの人」がぞろぞろ死ぬあてがはずれたみたいだ。

『富士日記』の一部は、夫君武田泰淳が毎日新聞に『新・東海道五十三次』を連載し、また長篇小説『富士』を書いていた時期と重なっているので、いわば『新・東海道五十三次』の楽屋話の意味でここに取り上げようとしたのだが、読み返すうちに気が変わった。

山荘暮らしの初期によく梅の木やクルミの苗を持ってきて植えてくれる人が登場する。近くの石和《いさわ》が生地の作家深沢七郎だ。[*3] 漢方薬みたいなものもくれて、百合子さんはそれを飲むと車の運転中に眠気がさしたり夢を見たりする。「出がけに深沢（七郎）さんの薬を飲んできたのが原因だ。」

深沢七郎は梅の木の様子を見にひょっこり現れたりもする。そして深沢七郎が姿を現すと、そろそろあたりの気配がうす気味悪くなってくる。深沢七郎はしかし、「ここは富士山の中ですか？　中じゃないでしょうねえ。やっぱり、中かな。裾野が下に見えるから。一合目かしら。」とか、「富士山の見えるところに美人はいないですねえ。」とか言いながら飛ぶように帰ってしまう。

「深沢さんの一族は富士山に登ったり、富士山の中に入ったりすると、かならず悪いことが起こるのだそうだ。キチガイになった人とか、盲腸炎になって死んだ人もあるという。……いやだなあ。」と百合子さん。

山荘の日常はだんだんこわくなってくる。

そのうちに植えておいた山椒の実がなる。「でも、うちの、この山椒は食べられないのだ。犬山椒[*4]というのだ。いつか深沢さんが『妖木犬山椒』という題で、大へん助平な殿様の話を書くのだといって、その筋を話してくれたっけ。」

さあ、いよいよこわくなってきた。そこらにある山椒ごとき木がどうしてそんなにこわいのか、それは次項に。

深沢七郎『妖木犬山椒』【富士山】

武田百合子さんが深沢七郎から『妖木犬山椒』の構想を聞いたのは、書きとめられたのが『富士日記』下、昭和四十四年十月十九日のことだから、それ以前の「いつか」ということになる。実際に『妖木犬山椒』が作品化されたのは「文芸」昭和五十年一月号の誌上だ。あいだにずいぶん長い時間がある。

富士川上流、身延からさらに奥まった山間《やまあい》に西山という集落がある。さらに奥まって奈良田温泉[*5]がある。このあたりに弓削の道鏡[*6]や孝謙天皇[*7]が流されていたという。そんな伝説もほのめかしながら、物語の舞台は富士の見える御坂峠[*8]に設定されて、そこに謎の理由で配流された三の宮という高貴なお方を、都から一人の少年が訪ねてくる。

三の宮はなにやら奇怪な病を病んでおられ、少年はその病気平癒を祈願しに来たのだが、宮の病は性の秘戯にかかわっているらしく、性の経験のない少年には手のつけようがない。宮はその地方の「けもののような」女たちを夜ごと一人ずつ呼んで性戯のかぎりをつくしてから、翌朝駕籠で返してやる。そしてその行為には、どうやら犬山椒という植物が関与しているらしいのだ。

しかし土地の人びとは「犬ざんしょう」を「稲ざんしょう」とも、はては「忌ぬざんしょう」ともいうらしく、土俗的に訛《なま》った発音があいまいで区別がつかない。食べられる稲と、食べれば死ぬ有毒の「忌み＝忌ぬ」の植物の別がまぎらわしい。見たところ同じような山椒の区別がつかないのである。応じて性も、生殖行為として生命を増殖させるのか、それともまかり間違えば死につながる危険があるのか、その謎が解けぬままに、たぶん「富士山の中にある」村で少年は発狂して刃物を振りまわしながら死んでしまう。

生命をはぐくむ稲と生命を殺す毒、生と死が裏腹になり、同じ顔をしていて見る度にちがう、という厄介なまぎらわしさは、ひょっとするとその日その日の富士山の表情に似ているのかもしれない。深沢一族が富士山に危険を感じ、また事実その毒に当てられもして、「中に入る」のを恐怖しているのは、富士山の妖木犬山椒的な扱いにくさを骨の髄まで弁《わきま》えているからだろうし、武田百合子が『富士日記』にかならず米食本位の毎日のなんでもない食事（稲）のメニュと死亡記事（忌ね）を書き込むのも、両者が裏腹であって、人生には生も死もどちらもあり、どちらも欠かせない消息を知り抜いているからだろう。

毒のある「忌ね」のほうのイヌざんしょうを、食べられる稲ざんしょうと取りちがえて発狂したのは『妖木犬山椒』の少年にかぎらない。深沢七郎の身近にもそういう少年が『風流夢譚』[*9]事件で出現した。時代は下って二十一世紀になっても、食物と毒物、性的快楽と死を取りちがえて発狂、殺人に走る「十七歳」は後を絶たない。

死亡記事と食事のメニュを同一頁に書く武田百合子も、毒物と口唇の快楽を裏腹に書く深沢七郎も、そういうちぐはぐを「この頃の若い者は」式の人生論として書いてはいない。だからなおさらこわい。なおさらおかしい。読んでいて思わずゲラゲラ笑ってしまう。

＊1　武田百合子（大正十四〔一九二五〕〜平成五〔一九九三〕）

随筆家、小説家武田泰淳夫人。神奈川県生れ。夫の死後、富士山荘での暮らしを綴った日記を雑誌「海」に発表、同作は田村俊子賞を贈られた。

＊2　武田泰淳（明治四十五〔一九一二〕～昭和五一一〔一九七六〕）

小説家。東京本郷の浄土宗寺院に生れる。戦争によって失われた近代的自我の復権を謳った第一次戦後派を代表する作家。

＊3　深沢七郎（大正三〔一九一四〕～昭和六十二〔一九八七〕）

小説家。山梨県生れ。放浪生活をしながら、ギタリストなどの職業を転々としていたが、一九五六年『楢山節考』を発表し、中央公論新人賞を受賞。農場や今川焼き屋を経営しながら、小説、随筆を発表した。

＊4　犬山椒

日本の本州、四国、九州、および朝鮮、中国に分布する、ミカン科の落葉低木。外観は山椒に似る。果実は民間薬ともされる。

＊5　奈良田温泉

現山梨県早川町湯島。西山温泉ともいい、文武天皇の御代藤原真人の子四郎長麿と六郎寿麿が発見したという由来を持つ。胃腸病に効能があるとされ、戦国時代以来今日まで温泉として利用されている。なお、理由は不明ながら奈良田村は、近世甲斐の国における唯一の無高、無役の村で検地も実施されなかった。

＊6　弓削の道鏡（生年不詳～宝亀三〔七七二〕）
奈良後期の法相宗の僧。河内の人。称徳天皇（孝謙天皇）の寵を得て太政大臣禅師、法王となって権勢を誇り一時は皇位につく勢いであったが、藤原百川、和気清麻呂らを中心とする抑圧された貴族勢力によって失脚させられ、下野国薬師寺に左遷された。

＊7　孝謙天皇（養老二〔七一八〕～宝亀元〔七七〇〕）
奈良後期の女帝。聖武天皇の第二皇女。諱は阿倍。高野姫尊、高野天皇とも称す。父に継いで皇位につき一度退位するが、道鏡を重く用いたため、これを不服とした藤原仲麻呂（恵美押勝）が乱を起こし、その責任を後継者の淳仁天皇にとらせ、自ら重祚して称徳天皇となった。奈良田温泉には、孝謙天皇が病を得た際にこの温泉の霊夢を見て来訪。天平宝字二（七五八）年から八年間遷居したとの伝説がある。

＊8　御坂峠
山梨県御坂町と河口湖町の境にある峠。富士山麓全景を望む景勝地としても知られている。

＊9『風流夢譚』

『中央公論』一九六〇年十二月号に発表。皇族の処刑描写を持つこの小説が因となって、翌年二月に中央公論社社長宅に右翼少年が押入り、夫人に重傷を負わせお手伝いを刺殺する「嶋中事件」が起きた。以来、作者の希望で『風流夢譚』は、単行本化されず、著作集にも所収されていない。

（たねむら・すえひろ　評論家）

〔初出　『東海道書遊五十三次』二〇〇一年十二月、朝日新聞社〕

私の秘密の愛読書

本上まなみ

《十月二十八日（金）終日小雨、曇、夕方になって晴　朝　もやしの味噌汁、ほうとうの残りを油で揚げてみる。かりんとうのようになった。ひじき煮、ごはん。／昼　おじや（卵入り）、ソーセージ。／三時　トースト、トマトスープ。／夜　かに卵入りチャーハン、わかめスープ。》

都会暮らしの家族三人が富士山の麓に山荘を構え、そこでの暮らしをおもに妻がつづったこの本。

誰に見せるでもない、よそいきのものはひとつもないスッピンの日記です。最初のころは夫で作家の武田泰淳氏が張り切って書いたり、一人娘の花ちゃんも時折参加したりするんだけど、次第に百合子さんの視線になっていく。

みーんなひょうひょうとしていて、好きなように過ごしているのが実に〝終わりのない休暇〟みたいでうらやましい。

だって夫も子どもも放っておいて夕方からぐうぐう朝まで寝ちゃってたりするんだよ。しかもよく食べる食べる。人間とは、普通に生活していると、かくも三食きちんと食べるいきものなのか、と気付かされるのであります。

日常のこまごました出来事たちは、とびきり上等の観察眼の持ち主、百合子さんの手によってノートに残されました。それは年月が経つほどにコハクみたいな宝石になって、今もきらきら輝いているのです。例えば昭和四十二年八月十日にはこう記されている。

《食卓に置き放しのぶどうに蜂がきて、穴をあけてもぐりこみ、汁を吸っている。（中略）蜂蜜の蓋をとったら大喜びだ。最も即席で楽なんだな。嬉々としてとまっている蜂が気の毒で「それはもとはといえばお前が作ったものだよ」と教えたい。》

この後も彼女は蜂の体に赤い印をつけて観察を続け、他のと比べこの一匹だけが恐るべき大食だと発見、夫に発表すると「百合子にそっくりだな」と言われたそうです。

この発見や観察の性格は娘の花さんにも受け継がれたもよう。というのはみなさんもご存じの通り、木村伊兵衛賞もとった写真家になられたのですから。

休みの度ごとに百合子さんの運転で山荘へやってきた一家は、やがて庭に植えたひょろひょろの苗木が太くなってゆくように、富士の麓に広く、深く根をはってゆく。『富士日記』を読むと、ふだん浮草みたいな気持ちでプカプカ暮らしている私でも何やら長い根っこを生やしてみたくなる。三日坊主で終わっていった日記帳を前にして（よーし）と、思いを新たにするのです。

（ほんじょう・まなみ　女優）

〔初出　『ｐｅｒｓｏｎ』二〇〇三年二月号〕

生活の底力、日記の凄み

角田光代

『富士日記』について、もっともすごいと思うのは、これがそもそもは人に読ませるために書いたものではない、ということだ。武田百合子は富士の麓《ふもと》の山荘で過ごす日々をただ記録するために、日記をつけ続けた。そういう意味でこれはじつにまっとうな、正統的日記である。何を買い、何を食べ、どこへいき、だれと会話し、だれにどんな話を聞いたか。個人的な感想や感情はほとんど書かれていない。にもかかわらず、読み手はぐいぐいと引きこまれていく。書かれていない書き手の感情に寄り添っていく。

読まれることを前提としていないから、ここにはまったく飾り気のない目線があり、ありのままの生活がある。この作品の魅力はそこにある。武田百合子という人の、裸の赤ん坊のような目線は、日記だからこそ生き生きと冴え、読み手はその目線で世界を見ることになる。季節の変化や、生きものが当たり前に生きたり死んだりしていくこと、人というもののいびつなキュートさに、読み手は武田百合子の目線で触れ、そしてその新鮮さに驚くのである。さらに、武田百合子の記した生活は、日記だからこそ生々しいほどありのままで、私はそこに生活というものの底力を見る。一日も欠かさず、朝昼夜と食べたものが書かれている。朝にハンバーグとか、ベーコン入り湯豆腐とか、うどんバター炒めとか、ふかしパンとか、ただ食べたものが列挙されているだけだが、読んでいるうち、彼らの生活の個性やこの家のにおいというものが、そのたったひとつの料理名から立ち上がってくる。うどんバター炒めの登場頻度がやけに多いが、これはたぶん夫である泰淳《たいじゅん》が好んだのだろう。最初は「なんだ、うどんバター炒めって」と思うが、何度もその文字を読むうち、ものすごくおいしそうな料理に思えてくるのが不思議である。

そんなことは一言も書かれていないのだが、くりかえされる山荘での日々を読み進むと、武田百合子の夫への愛情がそこここからあふれ出てくる。ときにおだやかに、ときに激しく。私はこの日記を読みながら、恋愛小説を読んでいる気にすらなる。愛していると言うことが愛なのではない、狂おしく相手を思うことが恋なのではない、この、地味な、地に足のついた、生活というものに裏打ちされた恋愛ほど強いものはないのじゃないか、などと思ったりする。あとがきに、この日記を出版するに至った経緯が書かれている。「武田が死ななければ、活字にして頂くようなこともなく、日記帳は押入れの隅の段ボール箱にしまわれていたものと思います」と百合子が書くとおり、泰淳の死がなければ、この作品は日の目を見なかっただろう。彼女が出版を承諾したのは、夫亡きあと、この暮らしをもう一度蘇《よみがえ》らせるためだったのだろう。日記を原稿用紙に移し替えていくことで、百合子はもう一度、山荘での日々を夫と暮らしたのである。

日記、というものは、だれが書いてもそこそこおもしろいというのが私感である。そこに人の暮らしがあるかぎり、なんとなくおもしろいのだ。けれどなぜ日記がおもしろいのかといえば、それは元来、人に読まれるべきものではないからだ。読んではいけないものを読めるから、小説や随筆を読むのとは異なる興奮が生じる。しかしもちろん、『富士日記』のおもしろさはそれとはまったく異なる。この本がもたらすのは盗み読みのたのしさでは断じてない。武田百合子という人は、作家になる前からすでに作家だったのだと私はいつも思う。目線の無垢《むく》さ、精神の自由さ、感覚の独自さ、彼女が元来持っていたたからものをのようなそれらを、何も損なうことなく言葉に移し替える術《すべ》をこの作家は体得していた。才能、という言葉にはいつも懐疑的な私だが、しかしこの人にかぎってはその言葉を使いたくなる。大いなる才能とはこういうことだと言いたくなる。

『富士日記』は幾度も読み返しているが、そのたび、ちらりと思うことがある。はたして夫泰淳は、妻のつけていたこの日記を読んだだろうか？　ということである。日記帳は、いつでもだれでも手に取れる場所に無造作に置いてあったと私は想像する。他人の日記を読むなんてけしからん行為だと手に取ることもしなかったかもしれないし、こっそり開いてにまにまと笑っていたかもしれない。数年前の日記を持ち出してきて読み返し、自分たちの日々を文字のなかに確認したかもしれない。本当のところなど私にはわかりようもないが、けれどそんな空想をすることもたのしい。

インターネットが普及して、今は多くの人が日記を書き、かつ公開するようになった。しかしこれらは本当の意味では日記ではない。人に見られることが前提になっている時点で、日記とよく似たべつの表現なのだと思っている。私自身も某出版社のホームページで公開日記を書いている。鍵《かぎ》つき日記がふつうに売られていた時代に日記をつけて育った身としては、日記を書くという行為と、人に見せる前提で書くという矛盾に、ときどき首を傾《かし》げつつも、へんに中毒性があってやめられず、もう三年ほども書いている。こういう「見せる」日記の時代に、『富士日記』の凄《すご》みというのは、ひどく重要なようにも思っている。

（かくた・みつよ　作家）

〔初出　『小説新潮』二〇〇八年四月号〕

本当のことは、どこに消えた?

川上未映子

これを書いている今はひさしぶりの長雨で、春が終わってから急に暑くなったのでこのまま夏がくると思っていたら、そのまえに梅雨があるんだよね。すっかり忘れていた。

インタビューなどでどうして小説を書いたのですか、という質問をよく受ける。けれどわたしは最初に「そうだ小説を書こう」と思ったのではなくて、詩を書いていたんだよね。詩といってもいわゆる下に余白がたっぷりあるような詩ではなくてぎゅうぎゅうづめの散文だったのだけれど、詩の雑誌に掲載されたそれを読んだ編集者が、小説の依頼をくれたのでした。でも「人に読んでもらう」ことを意識して書いたのは詩が最初ではなくて、じつは日記だったんですよね。今はツイッターが主流だけど、当時はブログが流行りだしてちょっと経ったころ。それはまさか、このさき自分が文章の仕事をするようになるとは思ってもみなかったときのことで、そのとき一生懸命やっていた音楽の仕事を、少しでも知ってもらいたいために、誰にも辿り着けないようなネットの僻地で、文章をひたすらに書いていたのでした。

そのせいなのか、小説も詩も好きなんだけど、もしかしたら日記が――書くのも読むのも、いちばん性に合っているのかも知れないなと思うほどに、その形式には自分の感覚がいやらしいほどにぴたりと寄り添ってしまうのだ。「何月何日何食べた」とか「雨。少しして曇り」といった、何も書いてないに等しい内容でも、それを書いた人がかつてそこに書かれた状況を生きてそれを記した、というだけで、なんとも気分がそわそわするじゃないですか。

自分の人生のこと、私のことを書くという建前の「私小説」とも違う、しかし身辺や思弁を書くエッセイともどこか違う感触が――それが日記である、というだけで否応なく存在していますね。書かれたものはすべてジャンルを問わず、虚実ない交ぜであることからは逃れられないのだけれども「日記」はその配合のされかたが、独特なんだよね。

それにしても、それがどんな秘密の記録や内緒のあれこれであったって、書かれたものは「人に読まれたい」という欲望を捨てられないものだけど、じっさいはどうなんだろう？　改めて、「ネットで日記を公開する」というのはややこしい自意識と主客の段取りを踏んでるなあと思うよね。有名人だと最初から読まれることをがんがんに意識するだろうけど、そうじゃない人なら、なんか、そのあたり、つかみ所ないじゃないですか。果たしてネットに公開する文章で人は「本当の気持ち」みたいなもの（書いててすごくロマンティックな気持ちになるね）を書くことってできるのかな？　閉じられたノート、どこにも接続されていない場所にしか生息できない成分がもしかしたらやっぱりあるのじゃないだろうか。

そして形式はいつも内容に少なくないちゃちゃちゃを入れるものだから、何もかもが曖昧に入り乱れるネット文章を書き続けるうち、気がつけば自分の中から「本当のこと」じたいが消えてしまっているのではないだろうか？　そして少し遅れて、そもそも「本当のこと」なんていうものが最初からどこにもなかったことに気がつくのだろうかしら、どうかしら。

〔初出　『ダ・ヴィンチ』二〇一一年七月号〕

泣く場所について

川上未映子

上京してからは別々に暮らすことになったけれど、このあいだ実家の犬が死んでしまった。13歳。人間でいうと80歳。どこも悪いところはなかったけれどやっぱり歳だったので、よろめいて頭を打ったせいか、そのあと体を動かせなくなり数時間後に息を引きとってしまったらしい。いつも別れの日の想像はしていたけれど、それが役に立たないほどに悲しい。今は無数にある組み合わせの中でなぜか出会えて(出会うことに理由はないね)、少しの間だったかもしれないけれど、一緒にいれたことに感謝する気持ちに全部を切り替えないとな、と思っているところです。

物言わぬ生き物の死はいつも悲しいね。それは人間の世界にかかわりながら、人間たちの評価や比較というルールを共有せずに、無垢な雰囲気でもって魂だけをみてくれるような気がするからで、あまりに一方的な献身を与え続けられたことへのちょっとした罪悪感もあるんだろうな。だから実際に暮らしてた動物との別れだけでなく、映画や小説に出てくる動物とのそれだって同じように悲しくなる。

動物ものではじめて気が遠くなるほど泣いたのは、やっぱり8歳頃に観た『ハチ公物語』だった。けれどわたしの育った家庭の雰囲気のせいか、それともあの頃はみんなのところも割にそうだったのか、はたまた年齢のせいなのか——映画や本を読んで（つまり感動したりして）みんなの前で泣いたりすることは、誰かに止められていたわけでもないのに、なぜなのか悲しいのと同じくらい恥ずかしいことだった。今思うとバレバレなんだけど、もうだめだと思うとトイレに行って必死に鼻をかみ、涙をすすって、それからまたテレビのある部屋にもどったりして、悲しいのと苦しいので胸が張り裂けそうなひとときだったことを今でもありありと思いだせる。

その頃に比べると——もちろんそれがどんなものであっても涙をみせない人もいるだろうけど、個人的なことを言えば、大人になった今では悲しいことやたまらないことがあったりすると、気がつけばいつでもいくらでも泣いている。まあたいてい家にいるからこそ可能な気もするけれど、例えば映画館や劇場、ほかには親しい人の訃報にふれたときなど、親しい人の前やそれが迷惑でないような場所では涙を流しているのを見られることじたいに、いつのまにか抵抗がなくなっているのだった。年齢を重ねると、人からどう思われるかということも、その涙の成分を分析されることも、もう何も気にならなくなってきたということなのかな。そういうことを思えばちょっとだけ、図々しいともいえるけどやっぱり自由になったような気もするなあ。

ところでわたしは人の日記を読むのが好きで、それとて書かれたものである以上フィクションではあるけれど、しかし完全なフィクションではないわけで、そのあたりの「ないまぜ感」に惹かれるのかもしれない。あまりに王道ではあるけれど、武田百合子が夫の武田泰淳、娘の花との富士山麓での約13年間の生活を綴った『富士日記』は文庫本の三巻を、トイレ、書斎、寝室にわけて置いていて、気が向いたときいつでもめくれるようにしています。悲しいときに「泣く」ということについて考えると、思いだすのはこのくだり（メモだからうろ覚えかもだけど）。「七月十九日（月）快晴（中略）……帰ってきてずっと、ごはんのときも、誰も口をきかない。主人も私も花子も、別々のところで泣く。主人は自分の部屋で。私は台所で。花子は庭で」。みんなで膝を寄せあって泣くのも悲しいけれど、ひとりきりずつで泣いているこの日の武田一家もとても悲しい。そう思えば怒りであれ喜びであれ悲しみであれ、それを見ていてくれる誰かがいるということは、きっと少しだけよいことなんだろう。でも、誰にも知られず、見られることのないところでしか流すことのできない涙というものが必ずあって、そこにしか流れない感情というものがあって、みんながそれぞれそのことをいやというほどに知っているからこそ、誰かと寄り添ってその感情を分かち合うことへの――たとえそれが気休めに過ぎなくても――感謝と有り難さが生まれるんだろうと思う。

（かわかみ・みえこ　作家）

〔初出『ダ・ヴィンチ』二〇一二年三月号〕

生きて死ぬ　その清々しさ

クミコ

引っ越しを重ねても、いつも手元に残してきた本です。武田百合子さんの文章は旧ソ連への旅行記『犬が星見た』で知りましたが、夫の武田泰淳と富士山麓《さんろく》の別荘で過ごした四季の出来事や献立を書き留めたこの日記も、言い古された言葉や自分になじまない言葉を排除し、彼女の肌合いから出てきた言葉だけで書かれているようなところが魅力です。

山荘にはリス、ネズミを始めさまざまな小動物が出没し、都会育ちの愛猫も野性に返ってモグラや鳥をつかまえるようになる。そして、文士というおそらく面倒くさいタイプの夫に尽くした百合子さんを始め、登場する昭和の人々がまた、生き物としての力が強い。

知人や愛犬の死もつづられます。山や湖で起きた死亡事故や、雪で折れて枯れた松の枝も同じように淡々と。読んでいると、万物は生きて死んでゆく、単にそれだけのことなんだと、なんだかすっきりした気分になるんです。

私自身、3年前に公演先の宮城県石巻市で震災を経験して、助かった人、犠牲になった人を身近に感じてきました。「あなたが生き残ったことには、歌い手として何か意味がある」と言われることがありますが、それは、たまたま。もちろん命は大切だし、一生懸命生きなければならない。でもそこに意味や使命感を持たせすぎると、かえって命というものの扱い方が奇妙なことになっていくような気がします。

生きていると、どんどん重いことが増えてくる。でもこの日記はその中に光を見つけるように書かれているように思えます。そもそも日記だから読み手を励ますような記述はない。でも彼女の生き方のかっこよさ、天性の遊び心に背中を押される。「しっかりしろ、自分」と勇気を与えられる。

飽きることがなく、どこから開いても味わえます。寝る前にふと開いてみる、私にとって聖書のような存在です。

（くみこ・歌手）

〔初出『朝日新聞』二〇一四年十一月十六日〕

犬たちの肖像　文学的ジャンルとしての、犬の追悼（抄）

四方田犬彦

もうふた昔も前のことだが、ボローニャという、イタリアの古い大学町で一年を過ごしたことがあった。あちこちに塔が立ち、塔と塔の間を南瓜色をした回廊が繋いでいる不思議な都である。秋になって霧が出るようになると、夕暮れどきに散歩をするのが愉しかった。広場から塔へ、大学から洗礼堂へと、いつまでも歩き続けてみたい気がした。あるときそうした散歩の途中で、いかにも貴族的な風格のある邸宅《パラッツォ》を発見した。

邸宅はみごとな庭園に囲まれている。豪奢な造りの正面玄関の上壁には紋章が刻まれ、当主の家系の古さを証立《あかしだ》てている。だがわたしの興味を掻き立てたのは、二階の露台《バルコーネ》だった。そこには一匹の犬のブロンズ像が置かれていたのである。犬は露台の手すりに両の前肢を置き、大きく身を乗り出している。今にも空に向かって飛び跳ねようとするかのようだ。そこでボローニャに詳しい友人に訊ねてみたところ、あれは有名な彫刻なのだと説明してくれた。

十八世紀の話である。邸宅の主人には、目のなかに入れても痛くないほどに可愛がっている犬がいた。主人が旅行に出るたびに、犬は元気をなくし、塞ぎこんで食事もとろうとしない。とはいえ主人が帰ってこようものなら、その燥《はしや》ぎぶりはただごとではなかった。

あるとき主人が長い旅から戻ってきた。犬は歓び勇んで露台に飛び出し、門のところにいる主人めがけて、そのまま身を投げ出してしまった。

愚かといえば愚かであるが、これほど主人に忠誠を示した犬も珍しい。愛犬家の主人は悲しみを何とか克服すると、末代までこの犬のことを忘れないようにと、露台の手すりにその彫像を作るよう依頼した。

「死んだ犬はその飼主である家族にとつて美徳のかたまりである」。こう書いたのは、『裏声で歌へ君が代』の丸谷才一（新潮社、一九八二）である。どこかのパーティでイギリス人のいった冗談だろうと、出典に関して韜晦《とうかい》した説明がなされているが、これは万古不易の真理であるように思われる。家族に愛され、家族の一員として身罷《みまか》った犬は、その家族の物語のなかで、永遠に生き続けるものなのだ。

では愛犬を喪った人間たちは、そのことをいかに記憶しようとするのか。文学ジャンルとしての犬の追悼が問題となるのは、こうした文脈においてである。今回はもっぱら日本と韓国文学に材を求め、犬の死がどのように描かれてきたかを考えてみたい。

武田百合子は夫である泰淳を車に乗せ、東京と富士山麓の山荘とを往復する日々を、丹念に日記に記している。娘の花子が可愛がっていた犬が不慮の事故で死んだことを記す、一九六七年七月十八日の『富士日記』（中央公論社、一九七七）から引いてみよう。

ポコ死ぬ。六歳。庭に埋める。

もう、怖いことも、苦しいことも、水を飲みたいことも、叱られることもない。魂が空へ昇るということが、もし本当なら、早く昇って楽になり。

前十一時半東京を出る。とても暑かった。大箱根に車をとめて一休みする。ポコは死んでいた。空が真青で。冷たい牛乳二本私飲む。主人一本。すぐ車に乗って山の家へ。涙が出っ放しだ。前がよく見えなかった。

ポコを埋めてから、大岡さんへ本を届けに行く。さっき犬が死んだと言うと、奥様はご自分のハタゴを貸して下さった。


七月十八日の日記だが、実際に書かれたのは翌日の十九日である。当日は気が動転していて、とても万年筆を握る気にならなかったのだろう。この日、著者は愛犬の遺していった籠と箱、櫛を暖炉で焼き、土間に落ちている毛も拾い出して焼く。やがて豪雨が訪れ、過ぎてゆく。気まずい気持ちなので、泰淳とも目を合わせずにいたところ、夕方になって大岡昇平夫妻が現われる。大岡昇平は昔からいつも犬を飼っていたおかげで、いろいろな犬の死に目に遭ってきたという話をする。小雨のなかを夫妻が帰っていくと、昨日まで生きていた犬の「よく寝入ったときのすすり上げるような寝息がひょっと聞えたよう」な気がしてくる。「それは気のせいだ。ポコ、早く土の中で腐っておしまい。」

武田百合子が犬の死因と埋葬の模様について細々と記すのは、さらに一日が経過してからである。東京から富士山に向かう車中、犬は籠ごとトランクに入れ、一時間ごとに外へ出してやっていた。犬はその一時間が待ちきれず、自分で籠から首を出し、車の振動によって籠の蓋がその首を絞めつけてしまったのだった。「私はずっと忘れないだろうなあ。犬が死んでいるのをみつけたとき、空が真青で。」

著者は夫とともに犬を埋葬した様子を書き付ける。泰淳が掘った深い穴を前に、彼女は犬を抱きしめ、いつも寝ていた毛布に包《くる》もうとする。「止せ。なかなか腐らないぞ。じかに入れてやれ」と、夫がいう。思い出されるのは「庭に犬を埋めると、よほど土を盛らないと、ずんと下りますよ」といった大岡夫人の言葉だ。その晩、東京の自宅にいる娘に電話をかけるのだが、彼女はどうしても犬の死を口にすることができない。

簡潔ではあるが、悲しみが込み上げてくるような文章である。不慮の事故とはいえ夫婦は罪悪感を感じ、お互いに目を逸らせて口をきこうとしない。そこに夫の親友が出現し、何とか二人を慰めようと、犬の死の相対化を試みる。彼はきわめて理性的であり、しかも優しい心遣いに満ちている。著者は犬を忘れようと「早く土の中で腐っておしまい」と書き付けるが、いざ埋葬の段になると、つい遺骸に毛布を被せてしまう。言葉少ない実務家である夫は、それではなかなか腐らないと冷静な助言をする。

わずか三日間の日記であるが、犬をめぐる服喪の感情、逡巡と悲嘆が、簡潔な文章のなかに丹念に記されている。それだけでもみごとな短編小説のような気がする。加えて武田泰淳と大岡昇平という二人の文学者の、隣人の悲嘆を前にしたときの立ち振る舞いが、きわめて印象的な筆致のもとに描かれている。だが、それにしても、「早く土の中で腐っておしまい」とは何と大胆な言葉だろう。「やすらかにお休み」という美辞麗句ではない。ここには平然と万物を呑みこむ大地の慈しみへの、信頼と祈願が直接的な形で語られているのだ。

（よもた・いぬひこ　比較文学者）

〔初出『すばる』二〇一四年八月号〕

武田百合子『富士日記』を読む

加藤典洋

ほんとうにひさしぶりに武田百合子の『富士日記』を読んでいたら、日記というのは書くという行為もそうだが、これを読むという行為も、だいぶ変わったことなのではないかという気がした。

しっかり読もうと思って読み進むのだが、「そうじゃないでしょう」と誰かが袖を、引っ張る。そして言う。日記って、熟読するものじゃないよね。読むといったって、いつも手に持っていて、ときどき見るんだよね、と。

私は、ごめんなさい、と言いながら読んでいった。

今回、思ったのは、これが山の日記だということだ。つまり、富士山麓の武田山荘に行ったときだけそこで書かれる日記。だから、日付が何の断りもなくぽんと飛ぶ。そのことを、これまで読んだときにはあまり気にしていなかった。けれども、そのことに気づくと、この時期、武田夫妻とその娘さんの生活は、娘花子さんの立教女学院寄宿舎住まいを含め実に破天荒、「日本人離れ」している。

子供が中心ではない。だから受験の節目がない。生活全体がティファニーで朝食を摂る小説の主人公のように「旅行中」。浮遊している。

たとえば、日記の執筆が佳境を迎える昭和四三年（一九六八）。この年は前年までと違い、山の家での年越しはないのだが、それでも、一月四〜六日、三月二二〜三〇日、四月八〜一一日、二五〜二七日、五月六〜八日、という具合に飛び石伝い、また夏の長期滞在と取り合わせて計二十二回。合計百日余り、一年の三分の一弱を富士山麓に過ごしている。しかもその山行きと東京への帰還は、読んでいるとわかるが、ほとんどのばあい、「主人」たる泰淳氏のそのときの気分しだい。「山に行くゾ」、「明日帰るゾ」の一言で決まる。運転するのは、武田百合子。私の周辺には、そこがイヤだ、の声もなくはない。赤坂から富士山麓まで、途中から東名高速が一部開通するものの、それまでは早朝に出ても三時間ほどはかかる。途上目撃される事故の数もハンパではない。しかし、ほとんど飛ぶ教室ならぬ、飛ぶ家。

これまで、この日記からは色んな元気をもらってきた。忘れられないのは、友人の梅崎春生の死の報に家族三人がそれぞれ「別々のところで」泣く場面（「主人は自分の部屋で。私は台所で。花子は庭で。」）、目を覚ましたらこの人がいないのを突然の失踪ないし事故と勘違いした泰淳氏が心配のあまり周囲を探し、ようやく無事に見つけ、「蒼い顔をして」「体を震わせて」いるところ。あるいは周囲の土地の人とのやりとり。日々の献立、買い物。庭に出没するウサギや鳥、蜂、そしてネズミ。しかし今回は、また違うことに頭が動き、私を大いに戸惑わせた。

この日記に主に描かれた昭和三九年（一九六四）から昭和五一年（一九七六）くらいまでの時期に、私は高校から大学に進み、そして大人になっている。日本の社会にもいろんなことがあった。私はその頃の自分を思い出した。たとえばこの日、自分はどうしていただろう、と。一九七〇年一〇月くらいのたしか『文藝』での三島由紀夫との対談で、三島が何かを言ったのに、武田泰淳が、あなたがそんなことを言ってはいけないよ、と言った。それを心に残る異様なやりとりとして読んだ私は、大学生だったが、今と少しも気分は、違わない。それなのにこの日記に語られる社会は、今はもうない。まったくの別世界。自分がその中間に、つぎはぎだらけの体になって、浮かんでいる。

おだやかに笑い、ときに身体を震わせて怒る武田泰淳は、なぜこの天衣無縫の人と一緒にこの時期、飛んでいるのか。彼は、一九四七年に北海道大学の助教授に就任した。しかしこれもあやふやな記憶のままにいうと「恥ずかしさに堪えられず」一週間(?)だったかで退職を決めた。たぶん就任から退職の決心までの最短記録の一つだろう。私は、大学解体を叫ぶ運動に参加した自分がその後、大学の助教授になったとき、このことを思い浮かべている。そのことをこの日記を読みながら思い出す。

この日記に、少しすると隣人として大岡昇平が登場する。背の高い美しい「奥様」として大岡夫人も出てくる。すると今度は私に、大岡昇平が『花影』のモデルの伝説の佳人と愛人関係にあったとき、何度も自殺未遂をした、と語られる大岡夫人とは、この人だったか、という思いが浮かんでくる。

山の家で、武田泰淳と大岡昇平は何と仲がよいことか。そのことも、現在の物書きの誰彼を思い浮かべ、また年齢だけはこのときの彼らに負けないわが身に照らして、強く思う。戦後の文学とは言わないまでも、このとき、戦争の記憶が社会に生きていた。美しい朝の虹を見て、「この景色、あすこからここまで全部あたしのものだぞ」というこの日記の書き手にも、「と言うと、主人は知らん顔をしていた。また始まったというような顔。」と書かれる小説家にも、それは、生きている。戦争が、死が、彼らを広い社会につなげていた。そんなことが、このたびは、私に強く、日記ってこうなんだゾ、という声になって、迫ってきた。

（かとう・のりひろ　文芸評論家）

〔初出『すばる』二〇一七年四月号〕

武田泰淳と缶ビール

木村衣有子

『富士日記』といえば、庭に咲く花、猫のタマ、年の差夫婦。そして、缶ビール。

武田泰淳&百合子夫妻の山荘暮らしの明け暮れが記録されたおよそ12年分の日記には、東京は赤坂のマンションと富士山麓とを行き来する道程での出来事も書き込まれている。今でいう二拠点居住の往来を支えているのは、百合子さんだ。自動車運転免許を取得したのは1956（昭和31）年、31歳のとき。そのいきさつは泰淳さんのドライブエッセイ『新・東海道五十三次』に詳しい。自身で、ドライブを題材に一冊の本を書いたとはいえ、泰淳さんは車の免許を持ってはいない。だから、助手席におさまって、車窓から景色を眺めている。そのときたいてい、手には缶ビールがある。「パンクした車の中にじっと待っていた主人は、案外時間がかからなかったので、機嫌わるくなく、かんビールを飲んでいた」なんてときもある。

輪っかを指に引っ掛けてぷしゅっと開ける、プルトップ式の蓋が付けられた缶ビールが発売されたのは、山荘通い2年目の、1965（昭和40）年の3月だ。その年、その月の『富士日記』をめくると、31日には缶ビールが登場する。新商品かどうか、そのあたりは判然としない。同じ年の晩秋には、山荘の最寄り駅である、富士急行線河口湖駅の売店に並んでいた缶ビールは「よく冷えていて二本百五十円」とある。「車の中で飲む分だけ買う」とも。

日本製の缶ビールをはじめて売り出したのはアサヒで、1958（昭和33）年のことだった。容量は、今でもスタンダードな350㎖。缶切りを使わないと開けられないつくりであったとはいえ、それ以前はビールを買おうというと瓶詰めに限られていた。

『富士日記』にはしばしば、河口湖畔や富士吉田に買い出しに出かけて求めた生活必需品とその値段が家計簿からはみ出したみたいに書き付けられている。たとえば1968（昭和43）年7月31日には「ビール一打千五百二十四円」「罐ビール二打千九百二十円」というように、瓶ビールと缶ビールは別々に記されている。料理をこしらえて腰を据えて飲むとき、お客をもてなすときなどは瓶からコップに注いでいるもよう。

そうでないとき、車中以外でも、原稿書きの傍、庭の草刈りの休憩に、缶ビールは句読点のように、常に泰淳さんと共にあった。

上・中・下の三巻から成る『富士日記』の下巻の終盤、初秋、台風が近付く中の山荘からの帰り道にも缶ビールはある。

「タマと主人を乗せて、水中を潜って走っているように東京へ帰る。十一時。主人、かんビール一本抱えて少しずつ飲みながら、水の中のような外の景色を見ている」

これを最後に、泰淳さんが山に来ることはなかった。日記のおしまいの日は、病を得た泰淳さんの入院の前日だ。お見舞いにきた友達と百合子さん、ひとり娘の花さんが周りにいて、そこで泰淳さんはこう言い出す。

「かんビールをポンとぬいてスッとのむ。簡単なことでしょう。かんビールくれ」

缶ビールの飲み口に、日常があった。

（きむら・ゆうこ　文筆家）

〔初出　『文學界』二〇一九年六月号〕

2Bの鉛筆で

阿部公彦

誰が書いてもいい。形式も自由。そう見えながら、実は得も言われぬルールがあるのが日記というジャンルのおもしろいところだ。ブログ上での日記の隆盛はご存知のとおり。日記の名で出版される書物も多い。でも内容は玉石混淆で、著者本人に対する興味がないのに読みつづけたくなるほどの日記となると、それほど多くはない。

本書はそんな中で、突出している。日本語日記文学の頂点、というのも変な言い方なのだが、読んでいると金山を掘り当てたような気分になる。そのおもしろさをどう形容していいのか何とももどかしい思いに駆られるくらい、とにかく自分でも知らなかった変な言葉のツボをとらえられた感じがする。不思議な読み物だ。

地主の家に生まれた著者は、子供の頃から文学趣味が旺盛。やがて戦渦をへて実家は没落するが、文学への思いは強く、出版社へ就職。しかし、配属されたのは編集部ではなく、傘下のカフェだった。そこで著者は武田泰淳と運命的な出逢いをする。

『富士日記』は、夫婦となった武田泰淳と百合子、そしてその一人娘花子との、富士山麓での別荘生活を描いた日記である。日記という名にふさわしく、とにかくテンポよく時間が流れていく。淡々とその日に買ったものの品名や値段、食事の献立などが列挙され、その傍らに、出逢った人とのやり取りや出来事が記されていく。2Bの鉛筆一本だけでデッサンをしたような、質素で荒削りな筆致なのだが、人物たちが実に生き生きとしている。とくに何度も登場する地元の外川さんという人はなかなかのものだ。

外川さんは私と花子が上るとすぐさま、座敷のテレビをつけて、テレビと話しこむほどの近さに坐りこみ、画面に眼をすえたままになる。水戸黄門をやっている。ときどき「うう」という呻き声を出しては、穴のあくほどみつめている。水戸黄門様が浅はかな殿様をたしなめて悪い家来をやっつける話で、外川さんは鼻水が垂れてきても拭かない。黄門様が終えると、すぐパチンと消して、体の向きを変え、今度は私に話しかけはじめた。わかった。外川さんはこの番組がはじまっていたので、早くこれを見たいから、千葉の車のことなんかどうでもいい、早く座敷に上りたかったのだ。外川さんは黄門様を見ている間、子供がそばにきて首をつっこんで見ようとすると、ゲンコで頭をなぐって向うへ追いやり、自分だけテレビの前で専用にして見ていた。

外川さんの話のメモ（これは昨日、六月七日に、田植の話のほかにした話で、昨夜眠くなって書くのがいやになってやめておいたら、今日になって主人が「外川さんの話は書いておくのだぞ」と言うから、忘れないうちに書いておく。いやだなあ。指はイタくなるし、字を書くのは大へんだ。外川さんがこれからも沢山話をしたら困ることになる）。

（中略）

○外川さんの家についている迷信の話。

外川という姓の家は三派あって、それぞれ守り神様がちがう。外川さんの家は御不動様で、この一派はキビを蒔いてはいけない。二月十四日の晩めしから十五日の昼（?）まで、米のごはんを家で炊いてはいけない。外で食べるのはいい。別の外川の一派は薬師様が守り神様で、ここではきゅうりを作ってはいけない。もう一つは忘れた。

○S学会は人の弱みにつけこんで攻めてくるから一種の共産党である。しかし、この親方は、金が沢山あるから偉い。R佼成会が攻めてきたが、外川さんははねつけた。

最後のこの政治的意見のときは、外川さんは急に考え深げな面持となって、しかも断固とした意見のように演説調になって話してくれた。外川さんは政治が好きらしい。

生き生きとしているというと、何だかしみじみほのぼのといった印象を与えるかもしれないが、そういうのでもない。外川さんという人はやっぱり変だ。他にも変な人がたくさん出てくる。世の中とはこんなに変なものだったかと感心するほどである。そして読んでいくとだんだんわかってくるのだが、外川さんをはじめとしてこの日記に出てくるいろんな変なひとたちの「変さ」をおびきよせているのは、どうもこの著者自身の際立った素っ頓狂さではないかという気がしてくる。

昼はおにぎりとチーズを食べる。一時ごろ帰ろうとすると、四、五人派手なシャツの色めがねの若い男たちが車のまわりにきて「帰るの？　どこからきているの？品川ナンバーじゃん。東京から泳ぎにきたの？　もう少し泳いでいけよ。乗せてってくれよお」と、口々にからかいだす。ひとわたり、皆の質問に返事をいちいちしてから「さよならあ。皆さん、ごきげんよう」といって、手を振って車を出してしまう。見かけはすごそうだが、気の弱そうな与太者たちらしい。花子はすっかりいや気がさして「大きくなって運転するようになったら、あんな目にあうから、男の人を隣りに必ず乗せるようにする。おかあさんはヤクザのおにいさんたちと友だちみたい」と元気がなくなる。

気のせいかもしれないが、何となく小島信夫の匂いがする。とくに「さよならあ。皆さん、ごきげんよう」というあたり。花子の反応もいい。セリフの実にテキトーな感じが、2Bっぽい。みんなが百合子語に感染しているとしか思えない。

足が痛むのでトクホンを貼る。

私「さっき、庭を上るとき滑って、前に挫いたところ、また捻挫した」

主人「百合子は普段でも少しびっこ気味だから、すぐ転ぶんだな」

私「左足だか右足だか、どっちかが少し短いんだって。小さいときに大病してお尻に太い注射したそうだから、それで短くなったのかもしれない。挫いたところをまた挫くと、その痛さといったら。おしっこがでちゃった」

主人「汚ねえなあ」

私「エンガチョだねえ」

四合目の駐車場に入ると晴れていて、本栖から白糸の滝あたりまでの麓の村は、パノラマのようによく見えた。真白なアルプスも見えた。コロナが一台とまっていて、男の子が二人、石を下の道に投げている。両親らしき大人は車の中にいる。危ないので注意する。男の子二人は、少し間をおいて、帰りがけの私に「クソババア」という。「クソは誰でもすらあ」と、振向いて私言う。主人に叱られる。

別に意図的に下ネタばかり選んでいるばかりではないのだが、この日記の自在さは、「おしっこがでちゃった」みたいなセリフがひゅっと出てくるあたりに典型的なのだ。

百合子は泰淳に内緒で自動車学校に通い運転免許をとった。実はこの富士山麓の家も百合子の独断で買ったものだという。赤坂の自宅から車を飛ばし、別荘に家族を連れていくのはいつも百合子の役だったわけだが、「車の運転のできる女」という当時のハイカラ像が強烈な一方で、闇の部分がないわけではない。じつはこの日記の大きな部分を占めているのは、死の記述でもある。とくに自動車事故にまつわる記録。有名人の事故死。近所の人の交通事故。通りすがりの人から聞く事故の話。怪我人との遭遇。数々の車の不調（昔の車は壊れやすかった！）。ついには百合子自身、追突されてむち打ち症にもなる。

百合子が「ラッパを吹きたいほど」と形容するような牧歌的な風景に囲まれ、疾走する車に華やかでお洒落な雰囲気を漂わせながら、そこにつねに死が隣り合わせているという感覚が、この日記ならではの、そして百合子ならではの生の現実をつくっていく。だから、上巻でもっとも感動的なのも、つねに影を落とす交通事故の「魔」が、一瞬現実になりかけた瞬間である。いつものように赤坂の家を早朝に出た車は、山北のトンネルにさしかかる。当時の道はまだでこぼこ。見えない穴に落ち込んだ車はガクンとなり、そこでホイールがはずれてしまった。百合子が車を停めて車体をチェックしていると、驚くべきことが起きる。

ふと気づくと主人がいない。ひとことも言わずに、トンネルの中へ、すたすたと戻って行くのだ。しかもトンネルのはしっこではなく、まんまんなかを歩いて入って行くところだ。「あんなものはいらない。なくても走れるよ。歩いて入っちゃ危ない」。私が呼び返しても、大トラックが轟音をたてて連続して出入りしているので聞こえない。ふり向かないで、真暗いトンネルの中に、吸い込まれるように、夢遊病者のように、大トラックに挟まれて入って行ってしまう。何であんなに無防備なふわふわした歩き方で、平気で入って行ってしまうのだろう。死んでしまう。昨夜遅くまで客があり、私が疲れていて今朝眠がったからだ。ぐったりしている私の、頭を撫でたり体をさすったりして、しきりになだめすかして起してくれたのに、私が不機嫌を直さなかったからだ。車の中で話しかけてきても私は意地の悪い返事ばかり返した。私は足がふるえてきて、のどや食道のあたりが熱くふくらんでくる。予想したことが起る。トンネルの中で、キィーッと急ブレーキでトラックが停る音がし、入って行く上りの車の列は停って、中でつかえている様子。

めずらしく百合子の筆に、ちょっと芝居めいた感じが出ている箇所だ。今までのすぱっすぱっと乱切りするような筆致ではなく、一ヵ所に立ちすくんで、前を見たり後ろをみたり。逡巡し、後悔し、こだわっている。こういう珍しい場面に出くわして逆に思うのは、百合子という人がふだんはほんとに疾走しっぱなしだということでもある。まさに日記というジャンルそのままに、流れる時間に身をまかせるようにして生きている、実にたくましい人。でも、それだけではないのだ。百合子だって怖いのだ。

バカヤローといっているらしい運転手の罵声が二度ほどワーンと聞こえてくる。私はしゃがんでしまう。そのうちに、主人は、またトンネルのまんまんなかを、のこのこと戻ってきた。両手と両足、ズボンの裾は、泥水で真黒になって私の前までくると「みつからないな」と言った。黄色いシャツを着ていたから、轢かれなかった。ズボンと靴を拭いているうちに、私はズボンにつかまって泣いた。泣いたら、朝ごはんを吐いてしまったので、また、そのげろも拭いた。

またまた下ネタで恐縮なのだが、これが百合子の現実というもの。それにしても、武田泰淳とはこういう人だったのか、と思わせる一節だ。明らかに百合子の圏域に引きこまれている。

とにかくこの『富士日記』は形容に困るというか、今、ここにしかない、と思わせるような書物なのだが、死や車に代表される無機的な脅威と、疲れるとばたっと寝て朝まで起きない、まるで生命力のカタマリのような百合子とのぶつかり具合の妙は、何とも不思議な味わいだ。ぱちぱちとはじけるようなその文体の極端な気っぷのよさと、物事が雪崩を打って進んでいくどうしようもなさ、そこに変わった人が次々に現れては消えていくという世界。下手するとカフカを思い出すような組み合わせではないか。カフカを強引なほどうまく日本語に訳して、かなり明るくして、小島信夫をちょっとだけ混ぜると、こういう世界になったりして、なんて思う。

（あべ・まさひこ　英米文学者）

〔初出　紀伊國屋書店ｗｅｂ「書評空間」二〇〇九年三月十六日〕

第四章　富士山荘をめぐる二篇

武田泰淳

花火を見るまで

花火は色を見るだけではつまらない、音をきかないじゃあというのが、外川さんの意見だった。

その音もちかくで耳のそばできかないじゃあと断言するのは、湖上祭の夜に河口湖まで降りてこさせようという考えからだった。

一昨年も昨年も、私は山小屋の入口で、遠い湖上の花火がうちあげられるのを、あまり熱心でなくながめ、遠い音、ひらいては消えて行く光の花とうまく調子のあわない音をきいていただけだった。ことに昨年は、かならず行くと約束して行かなかった。石を切り出す山を所有している五十男で、石積み仕事に使用されている農村の主婦たちは、彼を「社長さん」と呼んでいる。石仕事できたえた上半身が肩幅も広く胸も分厚くて見るからに頑丈そうな五十男であるが、身長は私より低い。彼の話振りもいちいち気に入ってしまって仲良しになった。私が約束を破って、消防団の正装をこらした祭の夜の彼の晴れ姿を見に行かなかったので、そのあと少し機嫌が悪かった。外川氏のお座敷小唄と、東京で買いいれてきた一貫目のどじょうを出水で流してしまい、「おやこんなところにどうしてどじょうがいるずら」と近所の人びとを驚ろかした談話がテープに吹きこんで保存してある。その他彼の性格ならびに行動に関する資料は、この三年間に相当の量にたっし、今後もとめどもなく増加して行く予定であるが、日記帖と記憶をたよりに一部分だけ紹介する。

日記からの引用

昭和三十九年十二月三十日

お正月の食料品を買いに河口湖へおりたので、湖畔の富重で食事をした。女房と子供の食べたラーメンはおいしかったそうであるが、私の食べたうなぎ丼は、甘いばかりでおいしくなかった。旅館の食堂そのものが日が射さずに冷えきっていて、水槽に泳がせてあるニジマス、コイ、フナなどのうち死んで底に沈んでいるのもあり、つかみ出してきて棄てておかれたのもあり、とにかく寒くてナマぐさい感じだった。外川氏のライトバンが食堂の前を通りかかる。ウムを言わさずそれに乗せられ、ワカサギの漁場へつれて行かれた。車に乗っている男の子は、二人ともセーターのひじやズボンのひざが破れている。浜に下りると寒風は凄まじく、波は高い。たき火の煙がたなびいて真黒な飯盒《はんごう》が並べられ、昼食の仕度らしい。おなじように煤で真黒になった大鍋に、とれたてのワカサギが銀色に光っていて、たくましい漁夫のひとりが突っ立ったまま一升ビンの醤油を荒っぽく注ぎいれている。十人ほどが一組でゴムの前掛にゴム長、ゴム手袋で、古代中央アジアの武装した兵士の如く見える。船に乗り移ると、寒くてナマぐさい感じがますます強まった。船中にたくしあげて積んである網は、水に濡れ藻がからまっている。網を落して行くときナマぐさい水しぶきが顔に吹きつけてくる。この時期の漁は夜間にやる慣しだが、ここ二、三日雨つづきで休んだので今日は昼もやっているのだ。船が一周して網を落し終ると、次に赤く塗った石油罐を落して行く。船が岸に着くとすぐさま網を引きあげる。すべて無言で手順はすこぶる速い。外川氏も網に「ひき具」をひっかけて「おら、うまくひっかからねえ」と言いながら加勢する。この網の組長が外川さんの奥さんの兄さんなのだ。この兄さんと奥さんとは長めの顔もよく似ており、人一倍高い背丈もそっくりなので直ぐに兄妹だとわかる。船が何回も湖上に出て行くあいだ、よく日の当る枯草の斜面を男の子二人と歩きまわった。網の目にひっかかった小魚を漁夫がへがして地面に落すと、外川氏の命令で、男の子二人がひろって籠に入れている。やがて大箱一杯のワカサギがとれた。私は金をだして買うつもりだったが、外川氏が「これ、先生にやる」と、紙につつんだのを渡すだけで金を受けとらなかった。ライトバンを止めておいた道路に、ひとなつこい白犬が遊んでいて私たちにすり寄ってきた。「どうだ、これ連れて行くか。車に乗せてみろ」と外川氏は子供に命令したが、子供の働きでは乗せられなかった。どこかの飼犬にきまっているのに、ずいぶん無茶をやるなと思った。うちの女房と子供とは外川氏の家で待ち合わせることになっていたが、また迷惑をかけては困るので駅前の食堂に寄ろうとすると、彼は凄い力で私をひっぱって家へ連れこんだ。駅前の住宅としてはもっとも小さく古びていて、家のなかもはなはだ乱雑に取りちらかされている。外川家の実情を見聞した私の知人の説によると外川氏の奥さんは「だらしねえ」そうだが、私の見るところでは彼女はよく働いていて、すこしも「だらしねえ」ところはない。ただし彼女の態度がまことにゆったりしているだけであった。彼女は「ソバはいくら買うかね。いつも百五十円だけんど。それでいいかね」とゆっくりとたずねるので外川氏は面倒くさそうに「二百円ばっかでいいさ」と答えている。「タコは切っておくかね。ウドンはゆでておくかね」と、奥さんはひとつも変らぬゆっくらした調子でたずねるが、外川氏は返事をしなくなってしまう。男の子が縁側で飼猫のお腹をかかえ「乳はいくつある。ひとつか」と言っているので私は「人間だって二つあるのにひとつということはないぞ」ともっと詳しく調べさせた。今度は「二つだ」と言うだけでもう調べようとしないので「まだあるはずだ」といいましめたが、男の子は「これはちっこい猫だから二つしかねえだ」と言ってもう一匹の老猫をかかえあげている。その年老いた白猫は、桃色の舌を出しっぱなしにしているので私が不思議がると「こいつ、毒ネズミを喰って変になっただ」と話してくれた。私はなおも男の子に手伝ってやり、その老猫のお腹に乳が六つあることを確めさせた。大晦日《おおみそか》の前日で石工たちの賃金を払わなければならないし、町の顔役へも届け物をせねばならない。本当は刺身や酢のものを並べた食卓の前でビールなど飲んでいる暇はないのだ。「今日はどういうことで?」と奥さんはちっとも神経質にならずにのんびりとたずねるけれども主人は構いつけないので、実はこれこれと私が説明してやらなければならない。「毒ネズミ喰った猫、外へ出しておけ。そこをしめとけ。そっちもしめとけ。ほれ、またけえって来たぞ」と外川氏は横を向いたまま奥さんに命令する。

その日のワカサギはよほど味がよろしかったらしく、同じ十一月三十日の女房の日記には次のように記されている。

夕食、外川さんに貰ったワカサギを天プラにする。たいへんおいしい。泰淳十四、百合子二十四、花（娘）八匹ほど喰べる。ポコ（犬）一匹（尻尾を残す）。豆腐味噌汁。夜、西風が強い。車のカバーを見に行く。風呂をやめる。

今年の七月三日は、くもり時々晴、朝のうちは霧が深く、夕ぐれからはかなり冷えた日であった。庭の西側から、小雨のように噴き上ってくる霧は、ようやく晴れて、陽がさしてくる。上の道まで駈け上って行ったポコが、さかんに吠えたてるので、また、憎まれものになるな、と心配していると、外川さんのワゴンが来たせいだった。前の古車は、八千円で買って、さんざん乗りまわしてから八千円で売り払い、新しい水色のワゴンを買ったらしい。私は昨夜の残りの豚カツで、今朝はカツ丼にしたが、それでもまだ残っていた豚カツを出して外川さんに食べさせた。あいかわらず、ヒゲむじゃらで、陽焼けしている彼の顔が、やや元気を失っているのは、新しく権利を買った御影石の山で、二百万円ばかり損をして「バクチですったようだ」という状態だったからだ。「エエト、エエト」と、言葉をつっかえさせながら、やたらと顔をこすっているのも、そのせいらしかった。「昼間っからビールを飲むような身分になりてえ」と、口ぐせにしている彼は、ビールを飲んでいるうちに機嫌がよくなってきて「うぐいすの巣を見に行くべえか」といいだした。

私たち一家は、山小屋へ来てから、野鳥とはかなり親しくなりはじめていた。炊事場の戸袋には、三年続けて四十雀《しじゅうから》が巣をこしらえ、卵を生み、ひながかえった。最初の年の卵は、彼がひきずり出して持ち去ったから、彼が野鳥に趣味のあることは、よく分っていた。赤い熔岩をあしらった庭の南側にパン屑とアワとひまわりの種子をまき、水浴び用の容器（佃煮の入っていたタライ型のプラスチック製）を置いてあるので、四十雀の一族と、アカハラの夫婦らしきもの、ほおじろたちが近よるようになっていた。うぐいすも水浴にくることは来たが、彼らは、はなはだ神経質で、すぐ飛び去ってしまう。

「うぐいすってやつは、気むずかしくて、人間の匂いがしただけでも、へえ、もう、どこかへ移ってしもうだ。だから、うぐいすの巣っちゅうもんは珍しいってわけだ」

豪雨のあとの坂道は、かならず裂け目が出来、石が露出して困るものだが、その悪路を彼は乱暴に走り下る。「おらの車は乗ってるとキャアキャアいう」と彼自身が説明したとおり、あまり高くない音だが、キャアキャアという響きが車の下から聞えてくる。そのキャアキャアを直すために、部品を買いに仕事場から町へ下るはずだったのに、急に予定を変更して、わが家へ立寄ってしまったのだった。

高さのそろったカラマツの植林を過ぎて、背のひくいアカマツ、ミズナラ、カシワその他の雑木の林へ、下枝や下草など刈ってない、手入れのわるい村有林の中へ、彼はどんどん入って行く。仕事に町から登ってくる男女は、春はワラビやフキの芽、秋はヌノビキと称する灰白色のキノコ、時によっては黄金のように貴重なマツタケを探しまわるので、ここらへんはどこでも、くまなく歩きまわっている。

白く乾いた枯草や枯葉をふみわけ、見とおしのきかない、凹凸の多い雑木林をくぐりぬけて行くので、彼と私と女房の足音で、おたがいの姿が見えないでも、曲りくねって行く方向がわかるのである。

何の奇もない、簡単な鳥の巣が、凹地の草むらになかばかくれた一本の灌木の中段あたりに掛けられてあった。シジュウカラが、うちの飼犬の抜け毛や、コケなどを集めて、巧みにつくる巣にくらべれば、まことにそまつで、ただワラを丸めたかたまりにすぎなかった。稲のワラではなくて、カヤの長い葉が無造作にからみあわせてあった。

親鳥は、いなかった。私たちの足音におどろいて飛び去ったのかも知れなかった。あるいは、この巣にさわった人間の指のにおいを察して、とっくに近よらなくなっているのかも知れなかった。ウグイスの他の鳥の声もきこえずに、夏の陽の下で、林はしずまりかえっていた。

外川氏にとっては、何回でも見に来たいような、大切な発見物ではあろうけれども、私はなかなか、この巣のおもしろみが理解できないで、ひっそりした林の中にたちすくんだ、自分たち三人の呼吸や表情などの方に気をとられていた。

チョコレート・ボールに色も形もそっくりな、可愛い卵が五箇入っていた。ウグイスの卵の一つは「マクラタマゴ」と言われ、かえらないのだから、あとの四箇がかえるはずであった。外川氏は「三回見にきただが、三回とも親鳥が見えねえから、もうへえ、かえさないつもりだか知んねえな」と、説明してくれた。「さわって見れや。どうだ、あったけえか。あったかければ、ことによるとかえるかも知れねえ」

おそるおそる手をさしのばした女房は「ああ、あったかい」と、感心したように、また気味わるがるように言った。

「どうしるかな。持って行くか」と、彼にたずねられても、私たち二人は、どうしたらいいか決められなかった。もしも親鳥が、まだあきらめないで、自分の巣にもどってくるとすれば、持ち去るのはむごいことになるし、また一方では、この巣を私たちに呈上しようとする外川さんの好意をムにしたくもないのであった。

女房は外川さんの手から、まるで爆発物でも受領するようにして、うぐいすの巣をわたされた。

「女衆には、だまっていてくれや」と、彼は考えぶかそうに、ヒゲの濃い頬をこわばらせて言った。それは、この巣は彼が、自分が石仕事に使用している農家の主婦たちと一しょに来て、一しょに発見したものであり、女衆からは、とるでねえだ、とるでねえだ、そうっとしとけやと申しわたされていたのに、その約束を裏切ることになるからであった。

これら、外川組の女衆とも、私たち一家は親しくなっていた。一昨年の七月の末から八月の始めにかけ、わが家の石垣積み工事を依頼したときから、彼女たちの男まさりの腕力と、はげしい気性、大声の雄弁には圧倒されがちであった。彼女たちは、湖上祭の前日まで、ハアハアと息を切らせて重い切石や大量の泥をはこびつづけ、その働きをはげますべく、「社長さん」は彼女たちにパリパリの新しい浴衣を買ってやり、昼休みとなれば彼女たち（三名）は、うちの山小屋の入口で、まつりの夜のおどりの練習をしていたのだった。ほかならぬ湖上祭の休みに楽しく休めるために、彼女たちは、倍の力を発揮して仕事を速めたのだった。

そのような彼女たちが、せっかく発見したウグイスの巣を、みすみすよそ者の手にわたされたとあっては、猛然と怒ることは大いにありうることなのであった。

おなじチョコレート色、チョコレート・ボール風ではあっても、お菓子の方は固いけれども、うぐいすの卵の方はカラが弱くて、すぐにこわれるのであった。もしも「誰が取っていったんだ。どこの誰が取っていったんだ」と問いつめられたら、「知らねえだ」と答えておけばいいさと、そんな先のことまで外川氏は注意してくれた。しかし、家へもどってつまみ出した卵の二つは、すでにうすいカラが破れていた。そして、流れ出した卵の黄身は血の色をにじませていた。つまり、卵はかえりかかっていて、まだ完全に独立の生命を完成できない、あいまいな状態にあったのである。

うぐいすの卵のカラが、これほどやわらかい、もろい、ほとんどカラとは言えないほど薄い皮だとはじめて知った私は、うぐいすの巣を卵ごと持ちかえってきた自分の行為が、何か重大な過失のような、とんでもない犯罪のような気持にさせられずにはいられなかった。野鳥に対する愛好心も同情心ももっていないし、鳥類図鑑をひらいても、はっきりと実名と実物をむすびつけることもできない私ではあるけれども、「自然」の神秘とか豊富とかいうことが、何かしら不吉な、黒々とした相貌をおびているような、ひやりとさせる暗示が、それこそあいまいに、つぶれた卵のうす皮のもろさよりも、もっとあいまいな破れやすい肌ざわりで感ぜられてきてならないのであった。

こわされた二つの卵は土にうずめ、残りの三箇は一つずつうす紙にくるんで、巣の中へおさめ、その巣をマッチの大箱の中へ、そうっと入れる。「子供の行っている女学院に、標本として納めるわ。だって、めずらしいんでしょう、これ」と、百合子がことさらはしゃぐようにして言うと、外川氏は満足そうに目を細めている。小熊のような感じの彼は、そんなとき、とても好人物そうに見える。もちろん、たんなる好人物などというものがありえないことは、わかり切った話であるが。

それから一週間あとに、彼の石切場で困った惨事が発生したのだった。石を切り出していた労働者（三十歳）が、落盤の岩石で両足（と言うより下半身すっかり）をつぶされ、即死をとげたのである。

どちらかと言えば、私と知りあってからの彼の幸運は上昇ぎみであった。彼の長男は、高校を卒業すると、東京の電電公社に就職口がきまっていた。その長男の下宿先である、彼の妹の家に、彼は自分の水田からとれた白米の俵を、必要なだけ送りとどけることができた。外見はのんびりしているような、彼の奥さんは、彼のきらいな農業方面の苦労を、ぜんぶひきうけてくれていたからである。

町の神社の大祭がある年には、自分のうちの女の子を稚児《ちご》行列に出場させるため、五十万円の寄附をも、惜しみはしなかった。消防団の役員たちをよろこばせるためには、富士吉田の酒場で、一夜に二万円をつかいはたすこともした。選挙ともなれば、応援弁士や候補者の送りむかえのため、彼の古ぐるまをフルに活用し、しかも一銭も請求しはしなかった。

彼は、自分が小学校しか卒業していないため、町民から低く見られている、その劣勢を挽回《ばんかい》するためには、何でもよい、町内の役職に就かねばならぬと痛感していたのだった。

「オリンピックがおわると、不景気になると言うけんど、ほんとかな」

「鎌倉の方まで足をのばして、石の注文をとって歩いただが、いきなり行っても、なかなか話がまとまらねえっちゅうわけだ。誰か鎌倉の方で、いいお得意を紹介してもらえんかね」

彼は、エロ話は一切しなかった。ただ時おり急にキまじめな顔つきになって、心配ごとを私にうちあけるのだった。それからまた逆転して、自分自身に景気をつけるようにして、「あの、森脇とかいう金融業者、あいつは三億とか三十億とか脱税したという話だけんど、いいにもわりいにも、なんにしろ、そこまでできればたいしたもんだっちゅうわけだ」と、愉快そうに、その「英雄」にあやかりたいように、笑い声をたてて、それからまた急に打ち沈むのだった。

だが、いずれにせよ、戦後の彼は、彼流に好運の波に乗りかかっていたのだ。彼は不思議なほど、私のおもしろがりそうな話題が何であるかを、よく承知していて、たとえば「ワカサギの漁は、寒い風に吹かれながら、夜、湖の岸で、漁師たちがしゃべくっている、その話に味があるっちゅうわけだ。そんだから、魚がとれるまでの連中の話っぷりを、先生によくきいてもらいてえだ」などと、小説づくりの指導までしてくれるのだった。

今にも倒れそうなほど古びて、室内も庭もきたならしく放置されたままであっても、年末の彼の家には、サケのあら巻が二、三本ぶらさがり、日本酒の一升びんも立ち並んでいて、オートバイで乗りつける若い者に「おお、そうか。じゃな、そっちの方はお前にまかしとく」などと、おうように号令する有様を、客の私に見せることもできたのだった。

そのような彼が、私にもっとも「見せたい」のは、湖上祭の夜に警戒にあたる河口湖町消防分団誘導部長としての、権威ある自分の姿であるにちがいなかった。それだのに百合子と花を代理に派遣して、すっぽかしてしまった昨年の私に、ふくれっ面《つら》をせずにはいられないはずだった。

花火見物に町へ降りていっていちばん難しいのは、車の置き場である。

かんじんの主人は姿を見せず、女子供だけを押しつけられたかたちの外川氏は、それでも仕方なしに、うちの車を誘導してはくれたものの、「オーライ、オーライ」と手を振って指示してくれた場所は、小さな農家へ通ずる、車《しや》ハバいっぱいの細い私道で、すでに千葉県からわざわざ駈けつけた車が一台駐《とま》っていて、うちの車をそのうしろへ、やっと入れるが早いか、別の車がむり押しのように詰めて、入ってきたのだった。

百合子「この千葉のくるま、出られないじゃないの。こんなところへ駐《と》めて大丈夫かなあ」。外川氏「湖上祭がおわるまじゃ帰らねえ。九時半か十時ずらあ」

農家の留守番の老人は、どうなることかと心配そうに口をもぐもぐさせているが、誘導部長が案内してきた車なので、文句をつけることもできずに、ただ小声で「中のもん、とられねえようにしてくれやあ」と、つぶやくだけであった。

百合子はどうしても別の場所へ移動したがったが、彼は「ほっとけ。何もせん方がいいだ」と、怒ったように答えるだけで、私のために用意した料理を、不本意にも百合子と花に御馳走してくれたのだった。うちの女子供としては、一刻も早く、外川氏が予約しておいてくれたはずのレークサイドホテルの席へ行ってしまいたいのであるが、「暗くならねえじゃあ、行ってもダメだ」と彼が断言するので、やはり不本意ながら、裏も表もあけっぱなしの外川家へあがらないわけにはいかないのであった。

外川氏の奥さんの方は、百合子の買ってあげたブラウスを著用し、上機嫌で女房を接待してくれたし、東京から帰った外川氏の妹さんも、東京からのお客さんと話するのが大好きなため、いそいそと近寄ってきた。

そのあいだ外川さんは、皆に背を向けて、濃い眉の下の、クマの眼のような目をすえて、自分ひとりだけ、テレビに視入っていた。画面は水戸黄門の連続ドラマで、黄門様が浅はかな若殿様をたしなめ、悪い家来をやっつけるスジであった。外川氏は、流れでるハナ水をぬぐおうともせず、時々「ウウウ」と、うなるような声を発して、おそろしいほど熱心に見守るのであった。そして、その愛好する番組がおわったとたんに、テレビをパチンと消してしまい、決して自分の子供たちに見せてはやらなかった。つまり彼は、この番組の時間が気がかりなため、うちの車が後でどうなろうと、そんな細事にはかまっていられなかったのである。

赤色のさしみ（それこそは、祭日の家々には欠かせぬものである）、イカ、クラゲ、サバ、タコの酢のもの、トマトなどが卓上にならべられた。子供たちは遠まきにとりまいていて、ちかよることも食べることも許されはしなかった。

突如として「あの重箱、出してこいや」と、外川氏が発言したとき、奥さんはけげんな面持で「どの重箱だね。おら、知らんど」と、例によって、ゆっくらゆっくらと答えるより仕方なかった。

「見てもらうだ。あのカサネ重箱。ほれ、あれだあちゅうに」と、夫にせきたてられて、妻がたよりなげに、ひろくもない二間ぎりの家内を探しまわる。

「ありゃあ、ホテルの頭ぁバカになった息子から、おらがサンデンエン（三千円）で買っただあ」

「そねえに高けえもん、うちで買っただかね。おら、知らんど」

「そだって、買ったあもんは、買ったじゃねえか」

そのように彼が古道具にこだわるのは、私が、彼に使用されている石工のおじさんから「こねばち」を千円で買いとったからであった。米のとれない地帯では、トウモロコシやムギの粉を大ぶりの木の鉢でこねて、団子《だんご》にまるめる。使い古された「こねばち」は、木部の底の厚みも減じてきて、大きさのわりに軽く、まるで古代の発掘品のような風格がそなわってくる。その木製の鉢に、私は、緑と白をまぜたペンキで「長毋相忘」（ナガクアイワスルルナカレ）と、中国の古代瓦の銘文を記して、山小屋の壁に掛けたのだった。

ようやく探し出された重箱は、カビだらけだった。五重《いつかさ》ねのケヤキづくりで、たしかに見事な品だった。しかし二箱はフチがとれてしまっていた。

あたりが暗くなると、外川氏は消防の半てんをまとい、後頭部に日おいの垂れた帽子を用心ぶかくかぶった。奥さんは、夫の晴れ姿をながめるのが何よりうれしいらしく、楽しげに夫の襟もとなど直してやっていた。

レークサイドホテルの女性勤務員は、消防団のいでたちの外川氏に対して、よそよそしい態度をとった。予約したはずの席は、他の客に占領されていた。ボーイさんたちも、外川氏の抗議を笑いながらうけ流すだけで、あまり丁重にもてなそうとはしなかった。それでも、花火の見えない隅の席に、百合子と花を坐らせて、西瓜二切れとジュース四本（ペプシコーラとバヤリース）を注文して、代金もはらってくれ、彼はいそがしげに出て行った。彼のそばをはなれることができた女子供は、ホッとして、夜店の立ちならぶにぎやかな湖畔をそぞろ歩いた。

花火は、四カ所から打ちあげられていた。花火師たちは、それぞれ受けもちの一カ所で、腕をきそうのであった。水面にちらばったボートのへさきには、赤白だんだらの提灯が附けられてある。漁師の和船や、旅館の船は、御祭礼の提灯、スピードのあるモーターボートは、赤や青の豆電球で飾られて走りぬけて行く。大型の遊覧船は、船ぜんぶがさまざまの光の球で、重そうなほど光りかがやいている。

一人九十円の遊覧船に、百合子と花は乗りこみ、二十五分の湖上花火見物をたのしむ。乗場まで行きつくには、ぎっしりと湖岸に坐りこんだ人々の、足のあいだを、足をふまないように気をつけて歩かなければならない。ほんとうに、今にも死にそうなくらい痩せおとろえたおじいさんまでが、家族にはこばれてきて、新聞紙の上にあお向けに寝かされ、この世の最後の花火を見上げている。

二人は、二百円のまわりどうろうを買い、一ダースの鶏卵を買い、やっと自分たちの車の置場にたどりつく。そして、千葉県の車の男たちに、こっぴどく叱られる。二台の車に帰途をはばまれて、もう一時間も立往生させられていた千葉県人は「すみませんで、すむと思うか」と怒り止まらないので、ついに百合子も怒りはじめて「すまないなら、どうするのさ。どうにでもしたらいいじゃないか」と、喧嘩になりそうになる。結局のところ、百合子の車のうしろの小型車を、皆して力をあわせて、細道のわきの田んぼに押しころがして、道をあけるより仕方がないのであった。

昨年の八月五日は、朝から晴れわたっていたから、花火はとどこおりなく、きれいにあがったのである。少しでも雨が通ると、空気もしけるし、火薬もしけるし、仕掛花火など煙に包まれて、よくは見えなくなる。

以上のべたことは、すべて百合子と花の観察し記録したところであって、私自身はその一景だに目撃したのではなかった。

そして今年の湖上祭にも、おっくうがりの私は、まだまだ山小屋を降りるつもりはないのであった。

八月四日の朝、今年の盛夏期に入ってからはじめて、外川氏がひょっこり訪ねてきた。

石切場の不祥事については、すでにガソリンスタンドの青年の口から聴き知っていた。不幸な事件の発生した当日、監督にあたっていたのは、外川氏の実弟で、彼自身は現場に居あわせなかったこと。落盤にさいしては「石が鳴く」から、たいがいは脱出できるのに、被害者だけは鳴く音がききとれず、他の者が逃げおおせたのに、ついにグチャグチャに半身をつぶされ一命を失ったこと。この耳あたらしい事件については、その青年のみならず、スタンド附近の住民のあいだでも評判になっているらしく、車の点検や水洗いを手つだっている中年男も「へええ。あんた、外川さんと知合いかね。なして、あの男を知ってるだ」と、いぶかしがったりした。

金銭上の大損害を何より恐れる外川氏が、町民間の評判の悪化をそれ以上に恐れているのは明らかだから、彼の苦悩のほどを推察して、私までが暗い気持にさせられていたのだった。彼が訪ねてきても、私の方から、この事件にはふれないつもりでいた。何かしら愉快な話を、あの私の好きな口調で語ってくれればいいので、深刻すぎる苦しみの打ち明けや、あまりにも物すごい実状などをジカにききたがるような精神状態に私は居なかった。

「ひょっこり来訪した」と書いたのは、泥と汗にまみれたシャツのまま、古バンドも荒縄を巻きつけた具合にして、いつも見なれた汚れた帽子と地下足袋で、いきなり庭先から入ってくるからだった。眉根はいくらか気むずかしく、しかめられてはいるけれども、特別に元気を失っているようには見うけられない。

ここらへんの小工事をひきうけ、女衆を連れて連日、山へ来ていることはさっしているが、今日をえらんで来たのは、やはり湖上祭の誘いのためにちがいなかった。

「警察の方は、その人が誰からからうらまれていなかったかどうか。仲間に仲わるがいなかったかどうか。そんなこと調べるだから、その方は簡単にすむっちゅうわけだ」

「ああ、そうか。殺人罪がなければ、それでいいわけだな」

「ところが労働管理局の方じゃ、調べがむずかしいだ。おらの弟の奴の陳述が、前と後でちがってるということでな。二つの陳述がちがってれば、どっちかがウソになるわけだ。だから、前の陳述がアタマが混乱していて、そうなったと言うことにしてくれればいいけんど、それが容易にはきめられねえっちゅうわけだ」

と、いつのまにか話はその方へ移っていた。

被害者の妻には、一日七百円の割で死ぬまで金を支はらわねばならない。労災保険に加入させてあるから、損害ばい償の件は、どうやら片がつくけれども、起訴されて営業停止にされるのが心配だった。労災保険や失業保険、労働を管理する役所などについては全く無知である私は、ひたすら彼の心配顔に調子をあわせるようにして、心配顔をしつづけるより方法はないのである。

検事局に起訴されるのを、どうにかして許していただくために、彼は何十回でも御役所へ通わなければならない。その疲れは、彼の頑丈そのもののような陽焼けした顔を、うす黒くおおっている。

「今年は、どうしるかね。レークサイドホテルよか、小曲園《こまがりえん》の方がいいと思うけんど」

「さあ、どうするかなあ」

「花火は、やっぱ、音をきかねえじゃ趣味がねえわさ。遠くで見てたじゃ、あの感じはわからねえだから」

このさい、花火どころではないはずなのに、むしろこのさいだからこそ花火にこだわるのかも知れなかった。

「……小曲園なら行ったことあるよ。三階のレストラン。あそこならよく見えるだろうけど」

「ほんとは座敷にすわって見る方が、ゆっくりできるけんど」

「いいさ。食堂にテーブル一つ、とっといてもらえば」

「そんじゃ。これから、おれ、下へおりて話つけてきてやる。そんで夕方またここへ知らせに来るだ」

と、彼は椅子をはねとばすほどの勢いで起《た》ち上った。

夕ぐれどき(と言ってもまだ明るかったが)、彼は、自分の小型トラックの中へ女衆を待たせておいて、再びあらわれた。祭りの前夜なので、帰りをいそぐ女衆は、何回も車の警笛を鳴して、彼がはやく私との相談をおわって、運転台にもどるようにせきたてた。現金をかせぐため、子供や夫の夕食を待たせて山へ来ている彼女たちは、たとえ愉快で自由な独立精神を家庭の外で味わってはいても、こんな日だけは、子供や夫の世話をできるだけしてやりたいにちがいなかった。

「彼女たち、怒ってるな。いいさ、怒らせとけ」

酔った私は、ついつい気が大きくなって彼をひきとめたし、彼の方もイヤな災害事件を忘れようとして、またしても自慢のどじょうの話をはじめ、腰をおちつけていた。

農婦たちの怒りをこめた警笛は、はげしくなるばかりなのでようやく腰をあげる外川氏のあとから、百合子が附いて行ったのは、少しでも彼女たちの怒りをやわらげようと、ありあわせのカン詰を持参してトラックの所まで送って行くためであった。

「こんなもん、いるもんかい」と、一人の農婦は、さし出されたカン詰を百合子に投げかえした。女房の報告で、それを知った私は、重くるしい気持にさせられずにはいられなかった。女衆の怒りは当然すぎることではあるが、私たちの方にもことさら悪意など、あったはずがないのだ。要するに、すべては「花火を見る」という、たった一つの、たあいもないコトにつながっているのだった。

西瓜二つ、月桂冠一本ぶらさげて、次の日の六時に、私たちは外川家を訪れた。

どれが外川さんの子供だか不明なくらい、多くの子供たちが集っていた。顔見知りの男の子は、しげしげと西瓜を見つめて、かつ、なでまわした。外出中の母親を呼びもどそうとして、男の子は何回も電話をかけた。外川氏の妹さんは「何も御馳走ができんでねえ。東京の方《かた》には、お口にあわんでしょうがねえ。田舎のもんは口のきき方も、ようわからんでねえ」と言いながら、ゆっくりとフキンを使ったあとで、料理の皿を卓上にならべた。

帰宅した奥さんが「××ちゃんが、カネがほしいと言ってるでねえ」と、のろのろと夫の傍に近よってくると、外川氏は「それッ」と言って百円札を一枚わたしてやる。またしばらくして「△△ちゃんが、カネがほしいと言ってるでねえ」と、またもや奥さんが他の子供のために願いにくると、外川氏は同じブスッとした表情で「それッ」と言って、一枚の札をわたしてやるのだった。

やがて、消防団の正装をととのえた彼と私は、肩をならべて湖畔に向って人波を分けて行く。彼は、料理屋や旅館の若い衆、同じ消防団の仲間とすれちがうたびに、愛想よく挨拶する。「たいしたもんだなあ、これだけの人間がよく集ってきたもんだなあ」と、私はお世辞でなく言った。

「なるほど、花火は頭の上ででかい音がしないと感じがでないんだなあ。この音がいい気持だなあ」

「今年は、よく来る気になったなあ」彼は、一種の感動をこめて言った。

「そりゃあ、どうしても来たくなったから来たのさ。どうしてもなあ」私が大声でそう言うと、彼の武骨な、ヒゲのそりあとの濃い顔には、やさしげな微笑、ほとんど愛すべきと称したいほどの微笑がうかんでいた。

すばらしく快活なひびきが天空をつらぬき、赤や青の光の輪がひろがった。竜のタマシイでもあるかのような、一塊の火の玉が昇って行って、色とりどりの星くずとなって散らばる。ひかりの花は、たえまなく打ちあげられ、はぎれのよい乾いた音は、たえまなく落ちてくる。湖面をわたる風が涼しいので、人ごみは苦にならない。お客さんたちが、もっともっと四方八方から寄りあつまり、もう身うごきができないほどになればいい。もしかしたら来年は来られないかも知れないが、それでも今年きたのはよかった。とにかく、よかった。私は、そう思った。

（初出『群像』一九六六年十月号）

蠅ころし

「——蠅たたきの上にとまった蠅を叩くには、もう一本の蠅たたきを持ってこなければならない」

大真理でも発見したようにして、私はそのハエを見つめていた。五月の午前、山小屋のベランダには、陽が射しかけると、どこからともなくハエが集ってくる。まだそんなに多数ではなくて、五、六匹ずつやってくる。彼らを叩き落して、しばらくして出て行くと、また同じ数ぐらいが、そこに来ている。ふつうの小さなハエ（どれが普通種なのか、ハエ自身にだってわかりっこないけれども）よりは、もっと大型の、にくにくしいほどたくましい、ハエの方に眼が行って、それから先に叩こうとする。テレビ体操の真似をするのもおっくうになっている私には、そうやって陽に照されながら、ハエを叩きつづけるのが、ちょうど良い運動なのかも知れない。剣道にはげむようにして、「武器」をかまえ下腹に力をこめ、なるべくハエの真上から叩き下ろすようにしなければならない。二匹が眼前にいるときは、まずどちらからと決定しなければならない。そんなに神経をくばらないでも、彼らには同じ場所に舞いもどるくせがあるので、その瞬間をねらってもよい。深沢七郎さんの作品で、ハエの多い借家に引越した新婚夫婦の暮しを描いた短篇がある。夫がハエを叩いている。妻もハエを叩いている。叩いているはずの夫は、パシャッと自分の頭を叩かれる。あれ、誰が叩いたのかと妻の方を振り向くと、妻は無言ですました顔をしている。また誰かが、叩いた。犯人は妻のほかにあるわけがない。だが妻は無表情のまま、夫の背後からハエではなくて夫の頭部にハエ叩きを振りおろしている。なぜハエが発生するか。その原因はつきとめられるにしても、なぜ妻がだまったまま夫の頭を、ハエを打つべきはずのハエ叩きで打つのか。そこに、隠されたハエの発生地点よりも、もっと無気味な心理的地点がある。椎名麟三さんの登場人物にも、ほとんど無為無能のまま、貧乏な放浪者ばかり集る、みじめな宿で、しきりにハエ殺しをつづけている男があった。ハエの存在は、かなり永遠を想わせるものであり、人間とハエの共存もかなり永遠らしいのであるから、ハエ打ちが仕方なさそうに、どんよりした苦痛の中で行われるのは、いかにもニンゲン・プラス・ハエ的状態なのである。晴れた日にも、打つ。雨の日にも、打つ。どちらかと言えば、太陽光線の下で彼らが活力にあふれ、彼らの往来がにぎやかになったとき打つ方が、私は好きだ。雨の日のハエは暗い室内に閉じこめられ、はじめから被害者らしく運命を決定されているので、彼らの行動範囲が狭いようにして、私の動きも狭く限られているので、打ちやすいところが良くないのである。五月の戦地で、おびただしいハエ集団を見たことがある。麦畠の中の前線の兵站部から、いくらか町らしい農村都市へもどってきて、白昼の民家で休息している。疲れ切っていながらも、やや緊張がほぐれ、腰をおろして見上げると、頭上の天井はまっ黒なのだ。すきまなく密集したハエたちは、まるで一枚の大きな黒板のように、私たち兵士の上にかぶさっている。「やってみな。字が書けるから」と、起ちあがるのもおっくうなほど、くたびれながらも面白がって一人が言う。たしかに箒で天井をこすれば、ハエ黒板に白い文字が書けそうである。もうそうなっては、今さらハエを叩こうなどと誰ひとり考えはしない。ハエたちが私たちをそこに居させてくれるようにして、私たちもハエたちをそこに居させてやるのである。なにしろ暑い。しかし、ただ暑いから彼らが繁殖したのではない。暑い上に、食物がゆたかだからだ。それは、私たちの残した残飯のおびただしさを目撃した者でなければ、理解することができない。野戦予備病院の井戸のかたわらが、残飯棄て場だった。くさりかかった米の飯の沼が、その井戸をとりまいていた。白く黄色く、藍とも青とも黒ともつかぬヌルヌルしたものが、そこに盛りあがり沈みこんでいる。うっかり片足をふみこむと、軍靴ばかりか、ゲートルを巻いた脛のあたりまで吸いこまれる。そして、酸っぱいような濃厚な匂い。ハエたちが、どうしてそれを愛好せずにいられるだろうか。患者たちは絶えず空腹を訴え、「もう少しくれ」「これっぽっちか」と、かすれ声で抗議しているのに、どういうものか残飯の沼はひろがってゆく。敵兵から食物をねだろうとする孤児や寡婦だって、その臭くて汚い沼を食糧倉庫とみなすわけにはいかないではないか。だとすれば、ハエ諸君がそこを、めったにない大食堂としないのは、もったいない話だ。平和な今日、私は、山小屋に猫を連れて行く。アパートにとじこめられていた彼女にとり、山麓の自然はおどろきである。ああ、そこには何とたくさんのお友達がいることだろう。野鳥、リス、ウサギ、ハチ、そして何よりも身ぢかな親友はハエなのだ。あまりにも魅力的なトリたちの啼声は、彼女にたちまち影響して、その声にまねた声を出そうとする。それはむずかしすぎる企てではあるが、ニャッニャッとトリに似た声を出しながら、彼女はお友達に近づく。だが、彼女を好きになってくれる者はいない。ハエさん、遊んでちょうだい。かくして彼女はガラス戸にへばりついた、一四のハエをとらえる。そして、楽しげに食べてしまう。好きだからこそ食べる。だから、お友達こそ食べるべきではないか。それに、食べられることと叩きつぶされることと、どっちがハエの気に入るか、わかりはしないのである。私には、彼女のようにハエ族をお友達にすることはできない。かと言って、それほど仇敵だと感じてもいない。どう言うわけか、ここのハチは私を刺さない。それに、ハチの数はそれほど増加しないので、手の甲にたかったハチを叩く気持にもならない。ハチ叩きという用具も、ないらしいし。ハエ叩きも金網と針がねでつくられたのは、すでに旧式となった。このごろは、つなぎ目の全くないプラスチック製ができて、この方が丈夫らしいのである。食堂に一つ、テラスに一つ、勉強部屋に一つ用意しておいて、一触即発、常に戦時体制にあるけれども、打ち叩いてばかりいるわけにはいかないのだ。一匹のハエをころすより、一字一句を書きしるすことの方が、われら文学者にとって有意義な事業なのか、どうか。そう書いている私の万年筆にもすでに、この共存する一匹がたかっているのである。

（初出　『新潮』一九七一年七月号）

ら行

な行

は行

ま行

や行

た行

か行

さ行

『富士日記』索引（新版対応）

あ行

『富士日記を読む』について

第二章はすべて書き下ろし
第一章は、『あの頃　単行本未収録エッセイ集』（二〇一七年三月、中央公論新社）、第四章は、「花火を見るまで」（『増補版　武田泰淳全集』八巻、一九七八年七月、筑摩書房）、「蠅ころし」（同全集十六巻、一九七九年五月、筑摩書房）を底本とした。
本文中のクレジットのない写真はすべて武田花撮影のものである。

本書は、今日の歴史・人権意識に照らして不適切な語句や表現も見られるが、時代的背景と作品の価値とに鑑み、原文のままとした。
（編集部）

中公文庫

富士日記《ふじにっき》を読《よ》む

2019年10月25日　初版発行
2022年１月30日　３刷発行

編　者　中央公論新社《ちゅうおうこうろんしんしゃ》

発行者　松 田 陽 三

発行所　中央公論新社
〒100-8152　東京都千代田区大手町1-7-1
電話　販売 03-5299-1730　編集 03-5299-1890
URL https://www.chuko.co.jp/

ＤＴＰ　嵐下英治
印　刷　三晃印刷
製　本　小泉製本

Published by CHUOKORON-SHINSHA, INC.
Printed in Japan　ISBN978-4-12-206789-9 C1195

各書目の下段の数字はISBNコードです。978－4－12が省略してあります。

中公文庫既刊より

た-15-10
富士日記（上）新版　武田百合子
夫・武田泰淳と過ごした富士山麓での十三年間を克明に描いた日記文学の白眉。昭和三十九年七月から四十一年九月分を収録。〈巻末エッセイ〉大岡昇平
206737-0

た-15-11
富士日記（中）新版　武田百合子
愛犬の死、湖上花火、大岡昇平夫妻との交流。昭和四十一年十月から四十四年六月の日記を収録する。田村俊子賞受賞作。〈巻末エッセイ〉しまおまほ
206746-2

た-15-12
富士日記（下）新版　武田百合子
季節のうつろい、そして夫の病。山荘でともに過ごした最後の日々を綴る。昭和四十四年七月から五十一年九月までを収めた最終巻。〈巻末エッセイ〉武田　花
206754-7

た-15-5
日日雑記　武田百合子
天性の無垢な芸術者が、身辺の出来事や日日の想いを、時には繊細な感性で、時には大胆な発想で、心の赴くままに綴ったエッセイ集。〈解説〉巖谷國士
202796-1

た-15-9
新版　犬が星見た　ロシア旅行　武田百合子
夫・武田泰淳とその友人、竹内好との旅を、天真爛漫な目で綴った旅行記。読売文学賞受賞作。竹内好の随筆「交友四十年」を収録した新版。〈解説〉阿部公彦
206651-9

た-13-10
新・東海道五十三次　武田泰淳
妻の運転でたどった五十三次の風景は——。自作解説「東海道五十三次クルマ哲学」、武田花の随筆「うちの車と私」を収録した増補新版。〈解説〉高瀬善夫
206659-5

た-80-1
犬の足あと　猫のひげ　武田　花
天気のいい日は撮影旅行に。出かけた先ででくわした奇妙な出来事、好きな風景、そして思い出すことどもを自在に綴る撮影日記。写真二十余点も収録。
205285-7